M. Fischer, Ffm.

Auf dem Weg in die Ferien, die sie in Paris verbringen will, kommt der Stockholmerin Amanda Hall plötzlich die Idee, einen Tag in Brüssel zu bleiben, vor allem, um den berühmten Barockplatz, La Grand' Place, anzuschauen. Auf ihrem Spaziergang durch die Stadt macht sie eine Pause in einem Straßencafé, wo sie Antonio, einen gutaussehenden italienischen Geschäftsmann, kennenlernt. Er überredet Amanda, die auf der Suche nach einem Zimmer für die Nacht ist, ihm zu erlauben, sie in dem eleganten Hotel unterzubringen, in dem er abgestiegen ist. Am Abend lädt er sie in ein exzellentes Restaurant ein. Amanda, die eine schwere Zeit mit Geldsorgen und eine zerbrochene Beziehung hinter sich hat, genießt den ungewohnten Luxus und die Aufmerksamkeit ihres charmanten Begleiters. Sie ist von ihm angezogen und hat das Gefühl, ihn schon lange zu kennen.
Aus dem kleinen Urlaubsflirt, den die beiden beginnen, entsteht eine leidenschaftliche Beziehung, die weit mehr ist als eine Ferienliebelei. Doch vor allem gerät Amanda in gefährliche, politisch motivierte Aktionen, in die sie unfreiwillig von ihrem Liebhaber eingespannt wird. Unversehens steht sie im Mittelpunkt dramatischer Ereignisse, was sie fast das Leben kostet.
Das Buch hat alles, was ein guter Unterhaltungsroman braucht: Spannung, Tempo, Humor und ein bißchen Erotik – denn Britt Arenander erzählt nicht nur einen rasanten Thriller, sondern zugleich die hinreißend sinnliche Geschichte einer Liebe auf den ersten Blick.

Britt Arenander, 1941 in Schweden geboren, ist freie Schriftstellerin und Übersetzerin. Sie hat einige Romane, Gedichtsammlungen und politische Essays publiziert. Sie lebt in Belgien.

Britt Arenander

Flirt mit fatalen Folgen

Roman

Aus dem Schwedischen
von Regine Elsässer

Fischer Taschenbuch Verlag

Die Frau in der Gesellschaft
Herausgegeben von Ingeborg Mues

Originalausgabe
Veröffentlicht im Fischer Taschenbuch Verlag GmbH,
Frankfurt am Main, Juli 1997

Druck und Bindung: Clausen & Bosse, Leck
Printed in Germany
ISBN 3-596-13275-4

Gedruckt auf chlor- und säurefreiem Papier

Flirt mit fatalen Folgen

1

Wir trafen uns in Brüssel, rein zufällig, an einem sehr heißen Tag Ende Juli. Schon am Vormittag, als ich aus dem Zug aus Kopenhagen stieg, glühte die Stadt unter einem Himmel, der seit Ewigkeiten keine Wolke gesehen zu haben schien.

Eigentlich wollte ich direkt nach Paris fahren, weil ich dort Martha, eine amerikanische Freundin treffen wollte. Sie verbrachte jedes Jahr einen Monat in einem kleinen Hotel im Quartier Latin. Aber auf dem Hauptbahnhof in Kopenhagen, wo ich mir einen Liegewagenplatz nach Paris besorgen wollte, war mein Blick auf ein Plakat gefallen, das den schönsten Platz darstellte, den ich je gesehen hatte. Verzückt ging ich näher: Der Platz hieß La Grand' Place und war in Brüssel. Diesen Platz mußte ich mir einfach anschauen. Außerdem hatte ich eine Freundin in Brüssel, Susanna, die immer bei mir wohnte, wenn sie zu Besuch in Stockholm war. Ich hatte sie noch nie besucht, obwohl ich immer bei ihr eingeladen war. Ganz schnell entschied ich, über Brüssel nach Paris zu fahren, nur wegen dieses Plakats.

Als ich meine Reisetasche in der Gepäckaufbewahrung am Bahnhof abgegeben und ein bißchen belgisches Geld gewechselt hatte, ging ich zur nächsten Telefonzelle und wählte Susannas Nummer, bekam jedoch keine Antwort. Es war ein Sonntag, und ich ging zu Fuß Richtung Zentrum. Zuerst kam ich über einen großen Markt mit vielen Leuten, aber die Stimmung war nicht besonders munter. Viele Ausländer, Familien oder einzelne Frauen, die langsam und traurig Kinderwagen vor sich herschoben. Hinter den Marktständen waren Cafés, und ich ging in eines, um einen Kaffee zu trinken und ein Croissant zu essen. In dem Café waren keine Ausländer. Eine großgewachsene Frau hinter der Theke nahm barsch meine Bestellung entgegen und stellte den Kaffee und einen Teller mit dem Croissant vor mich auf die Theke. Ich bezahlte und trug Tasse und Teller zu einem freien Tisch. Neben mir saßen ein paar Männer und tranken Bier. Sie schauten mich feindselig an, als ich mich setzte. Etwas verwundert trank ich schnell den Kaffee aus, nahm das halbgegessene Croissant mit hinaus in die Sonne und ging zu Fuß weiter Richtung Zentrum.

Es war fast wie eine Art Wallfahrt, und als ich schließlich zu dem großen Platz kam, war ich von einem Gefühl der Andacht erfüllt. Lange Zeit stand ich bloß da und betrachtete die Barockfassaden. Es war jetzt schrecklich heiß, und der Platz strahlte eine Hitze wie ein Steinofen ab. Halb benommen setzte ich mich auf einen Treppenabsatz und blieb da sehr lange sitzen. Auf einem Teil des Platzes fand ebenfalls eine Art Markt statt, Touristengruppen mit Reiseführern kamen an mir vorbei, aber ich war nicht an dem Volksgewimmel interessiert. Ich versuchte, mir die Menschen wegzudenken und nur die überwältigenden Bauten zu sehen. Einmal pro Jahr, dachte ich, sollten alle Menschen auf so einem Platz sitzen dürfen, bis sie spüren, wie die Schönheit die Wunden heilt, die man von all dem Häßlichen, das man ständig sehen muß, zugefügt bekommt.

Schließlich stand ich auf und ging in den Gassen um den Platz herum spazieren, in der kleinen Enklave alter Häuser, wo es viele Restaurants und Geschäfte für Touristen gab. Ich ging weiter, bis ich ein Café fand, wo man auch draußen sitzen konnte. Die Straße war ziemlich ruhig, gegenüber war ein kleiner Platz mit einem Springbrunnen. Ich blieb vor der langen Reihe mit Tischen stehen, aber sie schienen alle besetzt zu sein. Ich blieb ziemlich lange stehen und ließ meinen Blick von Tisch zu Tisch schweifen, in der vagen Hoffnung, daß jemand bezahlen und gehen würde. Da erhob sich ein Mann ein wenig von seinem Stuhl und machte eine diskret einladende Geste.

Erstaunt schaute ich ihn eine Weile an. Er war um die Fünfzig, kräftig gebaut, mit dunkelgrauen, nach hinten gekämmten Haaren und einem ruhigen, freundlichen Blick. Man könnte sagen, er sah zivilisiert aus. Ich beschloß, sein Angebot anzunehmen.

»Danke«, sagte ich und setzte mich auf den Stuhl, den er für mich herangezogen hatte. »Das ist sehr freundlich von Ihnen, ich bin vollkommen erschöpft, ich bin stundenlang in dieser Hitze durch die Stadt gelaufen...«

Ich sagte das auf englisch, weil mein Französisch nicht sonderlich gut ist.

Der Mann lächelte mich an.

»Woher kommen Sie?« fragte er.

»Ich bin Polin«, log ich.

Wenn ich im Ausland war und meine Nationalität nicht verraten wollte, sagte ich immer, ich sei Polin. Das brachte die Leute stets aus dem Konzept, als ob es dazu nichts zu sagen gäbe. Aber ganz unerwarteterweise leuchtete ein starkes Interesse in den dunklen Augen dieses Mannes auf.

»Ah, Polin, ich kannte einmal eine Polin...«

»Wirklich?« sagte ich und hoffte, daß er nicht irgendeinen unverständlichen Satz radebrechen würde, den er von dieser Dame gelernt hatte.

Das tat er zum Glück nicht. Er schaute mich nur an und schien sehr zufrieden zu sein, sowohl mit der Erinnerung an seine Polin als auch damit, daß er jemand getroffen hatte, der sie wiederbelebt hatte.

»Mein Name ist Antonio Gramignia«, sagte er schließlich. »Ich komme aus Mailand.«

»Ich heiße Liza«, log ich schon wieder. »Eigentlich Elzbieta, aber meine Freunde nennen mich Liza.«

Im selben Moment merkte ich, wie voreilig ich gewesen war, ihn allzu schnell unter meine Freunde einzureihen. Ich ärgerte mich über mich selbst, daß ich ihn so nah an mich herangelassen hatte. Aber andererseits hatte ich ja bloß gelogen, es war also doch nicht so schlimm.

»Was möchtest du trinken, Liza?« fragte Antonio.

»Ein Bier, bitte.«

Er brauchte sich nur umzudrehen, und schon kam der

Kellner. Er nickte höflich, als er die Bestellung aufgenommen hatte. Ich hatte immer Probleme, wenn ich etwas bestellte. Kellner und Bedienungen nahmen nie Notiz von mir und den hilflosen Gesten, mit denen ich ihre Aufmerksamkeit erregen wollte, und wenn sie dann endlich kamen, verstanden sie mich nicht oder falsch und brachten ganz andere Sachen, als ich bestellt hatte, und alles wurde nur noch schlimmer. Aber jetzt konnte ich mich entspannen. Ein liebenswürdiger Italiener hatte die Situation in der Hand.

Eine leichte Brise strich über die Tische, und ich trank gierig einige Schlucke von dem kühlen Bier, das der Kellner sehr bald gebracht hatte. Als ich vom Glas aufschaute, traf mich Antonios Blick, und wir schauten uns eine Weile an, als ob wir nach einer Erklärung dafür suchen würden, daß wir uns so unerwartet in dieser heißen, fremden Stadt begegnet waren.

»Was machst du in Brüssel?« fragte er.

»Ich wollte La Grand' Place sehen«, sagte ich.

Er lachte.

»Bist du extra aus Polen hierhergekommen, um La Grand' Place zu sehen?«

»Nein, nicht ganz. Ich will weiter nach Paris.«

»Aha, aber du bleibst doch wenigstens heute abend in Brüssel?«

»Ich weiß noch nicht«, sagte ich. »Ich hoffe, daß ich eine Freundin hier erreiche. Ich sollte tatsächlich noch einmal versuchen, sie anzurufen.«

»Gewiß«, sagte Antonio.

Das Telefon war ganz hinten im Café. Ich wählte Susannas Nummer, bekam aber wieder keine Antwort. Nach siebenmaligem Klingeln legte ich auf. Dann blieb ich noch einen Moment stehen und überlegte, ob ich zum Bahnhof zurückgehen sollte, wenn ich das Bier ausgetrunken hatte und sehen, ob noch ein Zug nach Paris fuhr.

»Hast du deine Freundin erreicht?« fragte Antonio, als ich wieder hinauskam.

»Nein, sie ist vielleicht schon in Urlaub gefahren. Ich weiß nicht...«

Antonio nickte und nahm ein Paket Marlboro, das auf dem Tisch lag. Er hielt es mir hin, aber ich schüttelte den Kopf.

»Und du?« fragte ich, während er eine Zigarette nahm und sie anzündete. »Was machst du in Brüssel?«

»Ich bin geschäftlich hier«, antwortete er und nahm einen tiefen Zug.

»Was sind das für Geschäfte?«

»Ich arbeite in der Arzneimittelbranche«, sagte er. »Ich importiere Arzneipflanzen aus aller Welt, hauptsächlich aus Afrika. Ich habe eine Firma, die die Arzneimittelindustrie mit Drogen aller Art beliefert.«

»Das klingt interessant«, sagte ich.

»Ja, sehr, ich bin immer unterwegs.«

Er lächelte mich an und sah sehr zufrieden aus. Mir wurde plötzlich klar, daß wir ein Paar waren. Jeder, der vorbeiging und einen Blick auf uns warf, mußte denken, daß wir einander gut kannten. Ich machte mir inzwischen keine Gedanken mehr über meine mangelnde Reserviertheit. Die Vibrationen der Sympathie zwischen uns machten mich wirr im Kopf, und ich gab mich einer erstaunten Verzückung hin. Mein kleines Kopfzerbrechen wegen Susanna und des Zuges nach Paris war verschwunden.

»Es ist merkwürdig«, sagte Antonio, »aber ich habe so ein Gefühl, als ob wir alte Freunde wären.«

»Wir haben uns vielleicht in einem früheren Leben schon einmal getroffen«, hörte ich mich sagen.

Es war als scherzhaftes Klischee gemeint gewesen, aber Antonio beugte leicht den Kopf, als ob er diese Möglichkeit in seine Überlegungen mit einbeziehen würde.

»Wer weiß?« sagte er.

In diesem Moment spürte ich, daß uns etwas verband, und plötzlich stimmte die ganze Situation. Ich saß da mit einem unbekannten und dennoch vertrauten Mann, in einem Café, in einer fremden, traumartigen Stadt. Es schien eine unendlich geniale Struktur zu geben, wir waren ein Teil davon, und wenn man nur nachgab, fiel man automatisch auf seinen richtigen Platz. Mein richtiger Platz war in diesem Moment ein Café in Brüssel, zusammen mit einem Mann, der behauptete, Antonio Gramignia zu heißen.

»In welchem Hotel wohnst du?« fragte Antonio.

Ich erklärte ihm, daß ich mir noch kein Hotel gesucht hatte, weil ich hoffte, Susanna zu erreichen, und dann natürlich bei ihr übernachten würde. Ich fügte hinzu, daß meine Reisetasche in der Gepäckaufbewahrung von Brüssel Nord stand.

Antonio schaute mich nachdenklich an.

»Ich verstehe«, sagte er dann. »Aber wenn du nicht bei deiner Freundin übernachten kannst, mußt du doch ein Zimmer für die Nacht haben. Und es ist nicht einfach, im Moment in Brüssel ein Hotel zu finden. Es sind dieser Tage sehr viele Leute hier.«

»Ist etwas Besonderes los?« fragte ich.

»Ja, sicher. Carlo Massini wird seine erste Rede als Präsident der EG-Kommission halten, und im Hinblick auf die instabile Lage in Europa ist das ein wichtiges Ereignis.«

Ich nickte, aber in Wahrheit war mein Interesse für die EU ziemlich lahm. Ich hatte wohl gehört, daß der neue EU-Präsident Italiener war, doch mir war nicht klar gewesen, daß mein kurzer Besuch in Brüssel mit seinem Amtsantritt zusammenfallen würde. In letzter Zeit hatte ich das Weltgeschehen nicht sehr aufmerksam verfolgt. Ich hatte die letzte Phase einer Beziehung hinter mir, sie hatte drei Jahre gedauert und sehr viel Energie gekostet. Das bißchen Kraft, das ich noch übrig hatte, war draufgegangen, mich ökonomisch über Wasser zu halten. Ich arbeitete freischaffend für eine Werbeagentur, eine Arbeit, die mir immer mehr zuwider war, aber es war das einzige, was ich richtig gut konnte, so blieb mir nichts anderes übrig.

»Liest du keine Zeitungen?« fragte Antonio.

»Ich bin mehrere Monate auf einer Tournee gewesen«, sagte ich ausweichend. »Da lebt man in einer anderen Welt.«

»Aha«, sagte Antonio. »Bist du Schauspielerin?«

»Ich bin Tänzerin«, log ich.

»Oh, Tänzerin«, sagte Antonio und schaute sehr entzückt drein. »Das habe ich fast geahnt, als ich dich kommen sah.

Die Art, wie du dich bewegst. Irgendwie besonders. Die Hüften, die Haltung.«

Ich mußte lachen. Ich dachte daran, wie mühsam ich auf schmerzenden Füßen geschlichen war, wie müde und verlassen ich mich gefühlt hatte, als ich da gestanden und die besetzten Tische betrachtet hatte.

»Deine Art, ein Kompliment entgegenzunehmen, ist nicht sehr polnisch«, meinte Antonio.

»Das kann sein«, sagte ich vage. »Ich bin vielleicht nicht sehr repräsentativ für mein Volk. Auf jeden Fall bin ich Tänzerin. Ich gehöre zu einer internationalen Truppe, die mit einer afrikanischen Band auf Tournee ist.«

Das Lügen ging ganz leicht, ich brauchte mich überhaupt nicht anzustrengen, die Phantasie arbeitete synchron mit der Situation.

»Wo kann ich dich auftreten sehen?« fragte Antonio.

»In Krakau«, sagte ich. »Im Herbst.«

»Du mußt mir unbedingt eine Eintrittskarte schicken. Ich verspreche, daß ich mir die Zeit nehme und nach Krakau komme. Ich würde fast alles tun, um dich tanzen zu sehen.«

Er schaute mich jetzt mit seinen männlichen Augen an, und ich wandte etwas verlegen den Blick ab und tat so, als ob ich etwas Interessantes auf dem Platz gesehen hätte.

»Du hast also noch kein Zimmer für die Nacht«, sagte Antonio nach einer Weile und bemühte sich, neutral zu klingen.

»Nein«, entgegnete ich widerwillig.

»Darf ich dir einen Vorschlag machen?« fragte er.

»Gerne.«

»Gestatte mir, daß ich dir in meinem Hotel ein Zimmer besorge. Es ist im Zentrum, sehr angenehm, und ich weiß zufällig, daß noch ein Zimmer frei ist. So würde dein Problem sich auf einfache Weise lösen.«

Im Prinzip hätte ich nichts gegen ein Zimmer in einem angenehmen Hotel im Zentrum von Brüssel einzuwenden gehabt. Mir war nur klar, daß die Sorte Hotel, in der Antonio abstieg, weit über dem Niveau lag, das ich mir leisten konnte, und ich wollte nicht, daß er bezahlte.

»Ich weiß nicht so recht«, sagte ich. »Ich sollte vielleicht noch einmal meine Freundin anrufen und dann weitersehen.«

»Aber warum denn?« fragte er und beugte sich eifrig vor. »Es wäre doch viel bequemer für dich, dir von mir helfen zu lassen. Ich biete dir ein eigenes Zimmer an, und du brauchst nur so viel mit mir zusammenzusein, wie du selbst willst. Ich würde mich einfach nur freuen, wenn ich wüßte, daß du da wohnst. Das ist alles. Wir sind beide allein in Brüssel, wir fühlen uns wohl miteinander, warum solltest du mein Angebot nicht annehmen?«

Einige Augenblicke war die Verlockung sehr stark. Ich würde mich zu nichts verpflichten, und es wäre zweifellos schön, zu duschen und sich ein bißchen auszuruhen und sich erst am nächsten Tag in den Zug setzen zu müssen. Antonio würde weiterhin die Situation managen. Es war fast wie ein Geschenk von oben. Aber gleichzeitig hatte ich das merkwürdige Gefühl, daß das Geschenk eine Falle sein könnte. Was für eine Falle, das wußte ich nicht. Aber eine Falle.

»Ich versuche noch einmal, Susanna zu erreichen«, sagte ich.

»Sicher, wenn du willst. Aber sie wird nicht da sein«, meinte Antonio, als ob er eine Selbstverständlichkeit konstatieren würde.

»Wieso bist du so sicher?« fragte ich.

»Du wirst schon sehen. Aber wenn du mein Angebot nicht annehmen willst, werde ich natürlich nicht insistieren.«

Er trank den Rest aus seinem Glas, es sah aus wie Campari Soda, und schaute sich dann nach dem Kellner um.

»Möchtest du noch ein Bier?« fragte er mich.

»Nein danke.«

Antonio bestellte einen Drink für sich und machte ein nachdenkliches Gesicht. Ich unterdrückte ein Lächeln und wartete darauf, daß er etwas sagen würde. Als sein Drink kam und er einen Schluck getrunken hatte, beugte er sich vor und sagte zu mir:

»Ich will aufrichtig zu dir sein. Wenn du mein Angebot annimmst, würdest du mir einen großen Gefallen erweisen, einfach nur durch deine Anwesenheit. Ich wiederhole, daß ich dich nicht belästigen werde, wenn das dich zögern läßt. Natürlich würde ich gerne mit dir ins Bett gehen, das würde wohl jeder normale Mann in meiner Situation wollen. Aber darüber brauchst du dir keine Sorgen zu machen. Wenn du nicht willst, werde ich mich nicht aufdrängen. Außerdem würde ich wohl kaum gegen deinen Willen in dein Zimmer eindringen können, zumindest nicht in so einem respektablen Hotel, nicht wahr?«

Wieso ich ihm einen Gefallen erweisen würde, indem ich in seinem Hotel wohnte, verstand ich nicht richtig, aber ich wurde schwankend.

»Wir könnten in aller Ruhe ausgehen und gut zu Abend essen«, fuhr Antonio fort, von meinem zögernden Schweigen ermuntert. »Brüssel ist schließlich berühmt für seine Gastronomie.«

Ich dachte an die wunderbaren Restaurants, die ich in dem Viertel um La Grand' Place herum gesehen hatte, und wurde noch schwankender.

Als ich zu ihm hochschaute, merkte ich plötzlich, daß ich physisch von ihm angezogen war und mir sehr gut vorstellen konnte, mit ihm ins Bett zu gehen. Das war ein ganz neues Gefühl. Normalerweise dauert es bei mir sehr lange, bis ich erotisch an einem Mann interessiert bin. Aber Antonio war mit seiner Präsenz unmerklich in mein Territorium eingedrungen, und jetzt war ich überrumpelt.

»Na?« fragte er.

Er hatte schon ein siegessicheres Blitzen in den Augen.

»Okay«, sagte ich.

Er warf den Kopf zurück und lachte:

»Ich bin sehr froh über deine Entscheidung!«

Ich war auch froh. Ein Berg von Problemen war im Handumdrehen verschwunden, nachdem ich vor mir selbst zugegeben hatte, daß ich mich sehr von ihm angezogen fühlte. Seine physische Gegenwart wurde jetzt noch intensiver. Eine warme Woge stieg mir in die Wangen.

»Sollen wir zum Bahnhof fahren und deine Sachen holen?« schlug er vor.

»Ja, gern«, sagte ich und dachte, daß ich auf jeden Fall noch einmal versuchen sollte, Susanna zu erreichen, später am Abend.

»Ich habe mein Auto ganz in der Nähe geparkt«, sagte Antonio.

Er trank sein Glas aus, warf einen Blick auf die Quittungen, die der Kellner dagelassen hatte, und legte einen Schein auf den Tisch. Dann standen wir auf. Antonio war ein paar Zentimeter kleiner als ich. Als wir das Café verlassen hatten, schob er seinen Arm unter den meinen, wie völlig selbstverständlich. Es war das erste Mal, daß er mich berührte, und eine neuerliche Wärmewelle stieg mir ins Gesicht.

In ein Auto wie seines hätte ich mich normalerweise nicht hineingesetzt, es war ein solider, glänzender dunkelbrauner BMW, in Mailand zugelassen. Aber kaum saß ich neben ihm, verschmolz ich mit dem Wagen, obwohl ich überhaupt nicht der Typ war, den man mit so einem Auto in Verbindung brachte. Ich wußte, daß ich wie eine Vagabundin aussah, stolz und arm aus freien Stücken, ich hatte etwas Halbwildes. Ich war schwarz angezogen, trug keinerlei Schmuck. Meine Schultertasche war abgetragen. Meine halblangen Haare trug ich offen. Aber dennoch paßte meine Erscheinung irgendwie zu dem Luxuswagen.

Wir paßten wirklich zueinander, Antonio und ich, dachte ich und wunderte mich, daß meine Gefühle die Oberhand gewonnen hatten. Das sah mir gar nicht ähnlich. Aber ich fand mich schon in Antonios warmer Gegenwart zurecht. Mir gefiel, wie er fuhr. Ich schaute seine Hand auf dem kurzen Schaltknüppel an und sehnte mich danach, daß er mich wieder berührte.

Mit Antonio war der Weg zur Gepäckaufbewahrung am entgegengesetzten Ende des großen Bahnhofs das reinste Vergnügen. Allein wäre ich müde, gereizt und verwirrt gewesen, ich wäre bestimmt in die falsche Richtung gegangen, und wenn ich endlich die verfluchte Reisetasche ausgehändigt bekommen hätte, dann wäre sie entsetzlich schwer gewesen, und ich hätte die ganze materielle Welt verflucht und mir gewünscht, nur ein Geist zu sein, der frei schwebt, ohne Reisetasche. Aber mit Antonio an der Seite war ich glücklich in meinem Körper.

Als wir zum Auto zurückgingen, begann es zu dämmern. Es war immer noch sehr warm, doch jetzt blühte ich auf in der sommerlichen Wärme. Antonio trug meine Tasche und hakte mich unter, als ob er das schon tausendmal gemacht hätte. Jetzt war ich mir sicher, daß ich heute noch seine Geliebte werden würde. Wenn er mich in dem Moment gefragt hätte, ob ich mit ihm schlafen wolle, sobald wir im Hotel wären, hätte ich ja gesagt. Dieser plötzliche Eifer machte mich schwindlig, und ich merkte, daß ich dabei war, die Kontrolle über mich zu verlieren. Das ängstigte und begeisterte mich gleichermaßen.

»Ich möchte dich um einen Gefallen bitten«, sagte Antonio, als wir ins Zentrum zurückfuhren.

»Was denn?«

»Ich möchte, daß du allein im Hotel eincheckst. Ich warte in einer Bar in der Nähe auf dich. Ich möchte lieber nicht, daß das Hotelpersonal mitbekommt, daß wir einander kennen. Du siehst also, du brauchst wirklich keine Angst zu haben, daß ich mich dir aufdränge. Wenn du mich sprechen willst, ruf einfach direkt auf meinem Zimmer an, 333. Ist das in Ordnung?«

»Okay«, sagte ich.

Der Gedanke gefiel mir. Es war ein hervorragendes Arrangement, ich dachte also nicht weiter darüber nach, warum Antonio solchen Wert darauf legte.

Als er das Auto geparkt hatte, ging ich allein zum Hotel Bedford. Sie haben Glück, sagte der Mann an der Rezeption: Ein Einzelzimmer mit Bad ist gerade storniert worden. Als ich den Anmeldezettel ausfüllte, kam Antonio zur Rezeption und bekam seinen Zimmerschlüssel. Er warf mir einen Blick zu, aber ich tat so, als bemerkte ich ihn nicht. Dann fuhren wir zusammen im Lift, mit einem jungen Mann, der meine

Reisetasche trug. Bis der Lift im zweiten Stock anhielt, herrschte völliges Schweigen. Als Antonio ging, lächelte er mir höflich zu. Dann fuhr der Lift noch ein Stockwerk weiter, der Pikkolo und ich stiegen aus.

Mein Zimmer ging auf einen Hof; ein perlgrauer Teppichboden, die hellvioletten Gardinen und die einladende Bettdecke verströmten eine wunderbare, milde Stille. Luxus. Wonach alle strebten. Ich hatte mich nicht danach gesehnt, ich hatte ihn nicht erwartet, und da war ich plötzlich, als ob eine magische Hand mich abgesetzt hätte. Ich wählte Antonios Nummer, und er nahm beim ersten Klingeln ab:

»Liza. Cara, wie ist dein Zimmer?«

»Wunderbar«, sagte ich.

Am Telefon war seine Stimme noch tiefer, und das Wort »cara« drang direkt in mein schwaches, wankelmütiges Inneres und machte mich weich und nachgiebig.

»Warum gehst du nicht duschen und dich ein bißchen ausruhen, und wir treffen uns um acht an der Grand' Place? Im ersten Café zur Linken, wenn du auf den Platz kommst. Ich werde dort auf dich warten, aber drinnen, nicht im Straßencafé.«

»Das klingt gut«, sagte ich und wunderte mich nicht, warum wir nicht draußen sitzen sollten, jetzt, da die glühende Sonne endlich untergegangen war und man die dunkle Wärme hätte genießen können.

Ich hängte meine Kleider in den Schrank und rief mir Antonios Bild in meinem Inneren wach, seine dunklen Augen, den breiten Mund, seine Hände, und ich hörte seine Stimme in mir, diese vibrierende Stimme, die direkt in mein Nervenzentrum vorzudringen schien und mich in eine Art Verzauberung hüllte.

Plötzlich erinnerte ich mich, daß ich irgendwo gelesen hatte, in einem Roman, daß es gut war, wenn der Mann ein bißchen kleiner war als die Frau. Ihre Körper paßten dann besser zusammen, wenn sie sich liebten. Ich kam mir vor wie ein Schulmädchen, idiotisch jung und erwartungsvoll, ich genoß auf einmal wieder das Leben, nach dieser endlosen Zeit in Stockholm, wo sich überall nur düstere Perspektiven aufgetan hatten. Aber diese Zeit lag jetzt endlich hinter mir, es war fast, als ob es sie nie gegeben hätte, wie ausgelöscht von einem alles überschattenden Jetzt, das mich mit einem Gefühl der Glückseligkeit erfüllte.

Ich duschte lange und ausgiebig, wusch die Haare, klopfte Feuchtigkeitscreme ins Gesicht und den ganzen Körper, dann legte ich mich aufs Bett und stellte fest, daß ich fürchterlichen Hunger hatte. Ich hatte tatsächlich den ganzen Tag nichts gegessen, seit dem Croissant am Vormittag in dem Café am Marktplatz. Mit Wohlbehagen stellte ich mir vor, wie ein Aperitif direkt in meinen leeren Magen gleiten und ein bißchen brennen würde, vor mir säße Antonio, und wir wüßten beide, daß wir am Ende des Abends miteinander ins Bett gehen würden, und der ganze Abend würde von unterdrückter Erwartung getränkt sein.

So gegen halb acht zog ich mein schwarzes Kleid aus verwaschenem Baumwolljersey an, ärmellos, mit vielen kleinen Knöpfen bis zur Taille und halblangem, weitem Rock. Dann glitt ich in das warme Dunkel und ging zur Grand' Place mit dem Gefühl, in einem Märchen zu sein.

2

La Grand' Place war nachts womöglich noch schöner. Die Luft vibrierte noch vor Wärme, und die angestrahlten Fassaden hoben sich gegen den dunklen Himmel ab.

Die Straßencafés rund um den Platz waren vollbesetzt, und ich hatte plötzlich den Eindruck, daß die Menschen wirkten wie Statisten in einem Film, die versuchten, natürlich und authentisch auszusehen. Ich fragte mich, ob Antonio auch wie ein Statist aussehen würde, ob er wieder ein Fremder wäre, ob der Zauber brechen würde, wenn wir uns wiedersahen.

Aber als ich ihn ganz hinten an einem kleinen Tisch in dem Café entdeckte und unsere Blicke sich trafen, verschwanden meine Befürchtungen sofort, und ich ging mit leichten, eifrigen Schritten auf ihn zu. Wir hatten uns beide feingemacht, für einander, für die Menschenmenge, für die Stadt, wir trugen beide Schwarz.

»Wie schön du bist«, sagte er und nahm meine Hand, als ich mich setzte.

Dann beugte er sich vor und küßte sie, ich spürte den Duft seines Eau de Cologne. Normalerweise hätte ich die ganze Szene ziemlich albern gefunden, aber jetzt genoß ich sie. Mir hatte tatsächlich noch nie ein Mann die Hand geküßt.

Als er den Kopf hob und mich ansah, ohne etwas zu sagen, spürte ich einen Stoß im Unterleib, und in seinen Augen bemerkte ich ungenierte Lust.

»Du bist also zufrieden mit deinem Zimmer«, sagte er.

»O ja, wirklich.«

Ich war mir ziemlich sicher, daß Antonio sich nicht vorstellen konnte, in was für einem Zimmer ich gelandet wäre, wenn er nicht aufgetaucht und Susanna an diesem Abend nicht nach Haus gekommen wäre: ein deprimierendes Zimmer mit einer angeschlagenen Waschschüssel und kaltem Wasser, einem schmutzigen und abgetretenen Teppich, einem unbequemen, alten Bett, die Luft heiß und stickig. Obwohl ich vor meiner Abreise ziemlich viel gearbeitet hatte, besaß ich nicht mehr viel Geld, weil ich eine Menge Schulden zurückbezahlt hatte, die ich zu Beginn des Jahres gemacht hatte. Im Grunde war meine Reisekasse so knapp bemessen, daß eigentlich überhaupt kein Hotelzimmer drin war.

Als Antonio unsere Drinks bestellt hatte, redete er wieder von seinem Landsmann Massini, er schien große Erwartungen an ihn zu haben. Ich gestand, daß ich im letzten Jahr die Wirren und komplizierten Verhandlungen um die Einigung Europas nicht verfolgt hatte, und fragte, was man denn über Massini wissen müsse.

»Er ist ein mutiger Mann«, sagte Antonio. »Er traut sich, die Demokratie zu verteidigen, und geht hart gegen alle Formen des Fremdenhasses und Rassismus vor. Ich habe mich sehr gefreut, daß die Kommission ihn zum Präsidenten gewählt hat.«

»Aber welche Staatschefs sind nicht gegen Fremdenhaß?« fragte ich.

»Ja, Lippenbekenntnisse gibt es natürlich überall. Aber es gibt nicht viele, die wirklich zu dem stehen, was sie sagen, die Risiken eingehen.«

»Und welche Risiken geht Massini ein?« fragte ich.

»Er hat die faschistischen Kräfte bereits herausgefordert«, sagte Antonio ruhig. »Indem er Klartext redet. Und das bedeutet immer ein Risiko.«

»Interessierst du dich für Politik?« fragte ich. »Ich meine, interessierst du dich wirklich dafür?«

Antonio nickte.

»Ja, es interessiert mich wirklich. Ich kann mich zwar nicht mehr sonderlich für Parteipolitik begeistern, aber...«

»Bist du Mitglied in einer Partei?« fragte ich neugierig.

Er schaute zur Decke und lächelte dann entschuldigend:

»Was jetzt kommt, wird dir nicht gefallen«, sagte er.

»Sag bloß nicht, daß du Mitglied der MSI bist«, meinte ich halb im Spaß, aber in dem Moment, als ich es sagte, wußte ich, daß es genau das war.

Antonio nickte wieder.

»Oh«, sagte ich kleinlaut.

»Was habe ich gesagt, es gefällt dir nicht. Ich hätte dich anlügen können, aber ich bin lieber ehrlich. Ich schäme mich ja auch nicht deswegen. Ich bin ein konservativer Mensch. Und, was sagst du dazu?«

Ich wollte gerade sagen, daß ich tatsächlich ein bißchen schockiert war – schließlich hatte das Movimento Sociale Italiano das gleiche Emblem wie Le Pens Front National in Frankreich –, als mir das Absurde an der Situation aufging und ich widerwillig in Lachen ausbrach.

»Das muß die symbolische Erklärung dafür sein, daß wir eine Farbe gemein haben«, sagte ich. »Schwarz. Ich war früher einmal Anarchistin...«

Sobald ich es ausgesprochen hatte, dachte ich, daß ich noch nie etwas von polnischen Anarchisten gehört hatte, aber das schien Antonio nicht zu merken.

»Das ist kein Problem für mich«, sagte er ernst. »Ich habe immer einen gewissen Respekt vor Anarchisten gehabt.«

Wir schauten uns eine Weile wortlos an. Ich verstand nicht, wie Antonios Bewunderung für Massini mit seiner Parteizugehörigkeit zusammenpaßte, aber in dem ideologischen Durcheinander, das nach dem Fall des Kommunismus und dem Erstarken des Nationalismus entstanden war, waren offenbar alle möglichen Kombinationen denkbar, und schließlich war auch ich schon vor langem zu der Überzeugung gelangt, daß alle politischen Ideologien irgendwelche Gemeinsamkeiten hatten. Sogar zwischen Faschismus und Anarchismus gab es merkwürdige Verbindungen. Und die Tatsache, daß wir da zusammen saßen, war ja eine Bestätigung dafür. Aber als ich diesen Gedankengang Antonio erläuterte, protestierte er:

»Ich bin kein Faschist, Liza. Wie kannst du das glauben?«

»Es tut mir leid, aber für mich ist MSI eine faschistische Partei«, sagte ich ein wenig erregt.

Antonio machte eine resignierte Handbewegung.

»Aber es gibt auch im Anarchismus faschistische Züge«, fügte ich hinzu, um meinen Vorwurf abzuschwächen.

Genau wegen dieser Züge hatte ich mich am Ende aus der kleinen anarchistischen Bewegung, in der ich engagiert gewesen war, zurückgezogen, war von den Barrikaden heruntergestiegen, ja von allem, was mit Politik zu tun hatte. Sogar die hochgepriesene Demokratie sah in meinen Augen suspekt aus: Das Volk, das der Garant der Demokratie sein sollte, schien diese an manchen Orten geradezu zu sabotieren. Antonio hörte meinem kleinen Vortrag schweigend zu.

»Eigentlich«, sagte er, »habe ich mich auch aus der Politik zurückgezogen. Ich habe nämlich sogar eine Zeitlang im Parlament gesessen, aber dann war mir das ganze politische Spiel zuwider. Ich verließ das Parlament, doch ich blieb in der Partei. Aus Gründen, die…«

Er schwieg, und sein Blick schweifte im Lokal umher. Ich wartete darauf, daß er weitersprechen würde.

»...aus Gründen, die ich jetzt nicht erklären kann. Aber wie auch immer, ich wurde nicht Mitglied der MSI, weil ich sie als faschistische Partei ansah, sondern weil es eine Rechtspartei war, die im Parlament vertreten war und den offiziellen demokratischen Spielregeln folgte.«

Da saß ich also mit einem MSIler! Ich mußte einfach lachen.

»Was findest du so lustig?«

»Vor fünfzehn Jahren hätte ich auf dich und deinesgleichen am liebsten Bomben geworfen«, sagte ich. »Und du hättest mir bestimmt etwas Ähnliches antun wollen. Aber die Zeiten ändern sich.«

»Du irrst dich, Liza. Ich bin gegen Gewalt. Ich bin dafür, daß man den Spielregeln der Demokratie folgt, ich glaube an gegenseitigen Respekt zwischen politischen Gegnern. Und ich glaube daran, obwohl ich...«

Er zögerte wieder und zündete eine Zigarette an. Dann saß er schweigend da, als ob er über etwas nachdächte, worüber er nicht reden konnte, etwas Beunruhigendes und Kompliziertes, das er mir nicht anvertrauen konnte, trotz der bizarren Intimität, die zwischen uns herrschte. Als ich ihn ansah, bemerkte ich einen besonderen Schimmer in seinen Augen, einen menschlichen Schimmer, beinahe eine Art Bescheidenheit, und eine gewaltige Sehnsucht nach einer Berührung durch ihn wallte in mir auf und machte mich ganz verwirrt.

»Hast du Hunger?« fragte er mit einem Tonfall, der deutlich sagte, daß jetzt Schluß sei mit politischen Diskussionen.

»Ich sterbe vor Hunger.«

»Also, dann gehen wir essen. Ich habe in einem Restaurant ganz in der Nähe einen Tisch bestellt.«

»In was für einem Restaurant?« fragte ich.

»Einem italienischen.«

Da mußte ich lächeln. Wohin ging man mit einem Italiener essen, wenn nicht in ein italienisches Restaurant, wo auch immer man war. Ich stellte mir hingerissen italienische Gerichte vor: Ripieni, Spaghetti alle vongole, Insalata mista, einen wunderbaren Semifreddo. Wenn Antonio nicht das Restaurant bestimmt hätte, wären wir bestimmt umhergeirrt und hätten DAS RICHTIGE gesucht, bis wir so hungrig geworden wären, daß wir DAS TOTAL FALSCHE genommen hätten, nur um nicht ohnmächtig zu werden vor Hunger.

Auf der Straße faßte Antonio wieder meinen Arm, und ich genoß das vorübergehende, jedoch überzeugende Gefühl von Sicherheit, das er mir vermittelte, eine Sicherheit, die ich noch nie mit einem Mann erlebt hatte und die ich absolut nicht in mir fand, wie es so schön bei den Therapeuten heißt. Es war eine neue Erfahrung, stark und überwältigend, obwohl die Situation so provisorisch war. Oder vielleicht wagte ich gerade wegen des Provisoriums, dem Gefühl nachzugeben.

Eine plötzliche physische Lust ließ mich beinahe taumeln, eine Lust, seine Hand auf meiner Hüfte zu spüren, ich sah vor mir, wie er mich küßte, ich spürte seine Zunge in meinem gierigen Mund, ich mußte stehenbleiben, den Kopf neigen und schlucken.

»Geht es dir nicht gut, Liza?« fragte er beunruhigt.

»Ach, ich bin wohl ein bißchen müde... und fürchterlich hungrig.«

Aber als sein Blick mich traf, sah ich, daß er meine gewaltige Lust verspürt hatte, genau wußte, daß ich mich nach ihm sehnte, und ich wurde sehr verlegen. Als wir weitergingen, wußte ich kaum, wohin ich die Füße auf dem Kopfsteinpflaster setzen sollte, ich hatte bei jedem Schritt Angst, hinzufallen.

»Wir sind gleich da«, sagte Antonio. »Da ist es, an der Ecke. Mit einem ordentlichen Steak werden auch deine Kräfte wiederkommen.«

»Ich esse kein Fleisch«, sagte ich.

»Warum nicht?«

»Einfach so. Ich finde Fleisch abstoßend.«

»Und wie ist es mit Fisch?« fragte Antonio. »In diesem Restaurant gibt es sehr gute Fischgerichte.«

»Fisch ist okay«, sagte ich. »Und Krustentiere auch.«

Plötzlich kam mir der Gedanke, daß er absichtlich das Bild von seiner Hand, die meine Hüfte streichelte, in meinen Kopf geschickt hatte, und wie er mich so tief küßte, daß ich die Vibrationen eines Orgasmus spürte. Oder war es umgekehrt? Hatte sich meine Lust auf ihn übertragen? Oder war ich einfach nur erschöpft?

Ein Oberkellner kam auf uns zu, kaum daß wir das Lokal betreten hatten, und führte uns zu einem reservierten Tisch. Ich sank hinter einer kunstvoll gefalteten Leinenserviette auf den Stuhl und nahm die Speisekarte entgegen, die Antonio mir reichte. Sie war so klein gedruckt, daß ich in meiner Tasche nach meiner Brille suchen mußte. Ich schien sie im Hotel vergessen zu haben. Als ich Antonio das erklärte, sagte er:

»Darf ich für dich wählen?«

Er übernahm schon wieder, und ich hatte nichts dagegen. Im Gegenteil, ich gab mit Behagen nach, was mich erstaunte. Während Antonio unser Essen zusammenstellte, ging ich zur Toilette. Ich ließ kaltes Wasser über die Handgelenke laufen und legte meine nassen Handflächen aufs Gesicht, es war heiß von der Sonne und unterdrücktem Begehren. Ich beugte mich zu meinem Spiegelbild vor: Das Gesicht, das sich mir näherte, war für einige Sekunden das Gesicht einer anderen, einer fremden Frau. Fasziniert schaute ich zu, wie ihr Mund sich bewegte: Nein, nein, nein, sagte der Mund.

Ich fühlte mich sehr komisch, als ob ich schon wieder beinahe ohnmächtig würde. Als ich da stand und die unwahrscheinliche Erscheinung im Spiegel betrachtete, ging die Tür auf, und eine Frau erschien hinter mir im Spiegel. Sie schien Japanerin zu sein und lächelte meinem Spiegelbild höflich zu, als ob alles ganz normal wäre. Erfrischt drehte ich mich um und lächelte zurück. Dann nahm ich ein kleines Gästehandtuch von einem Stapel neben dem Waschbecken und trocknete mir endlich die Hände ab.

Wein, dachte ich. Ein großes Glas kühlen weißen Wein, das brauche ich jetzt.

Das Weinglas stand auf dem Tisch und wartete auf mich, als ich zurückkam, und auf einem kleinen Beistelltischchen stand eine Flasche in einem Eiskübel. Kaum hatte ich mich gesetzt, da kam auch schon ein Kellner mit zwei Tellern Austern. Er stellte sie vor uns ab und goß dann einen kleinen Schluck Wein in mein Glas.

Antonio nickte mir zu, ich sollte versuchen.

»Trinkst du keinen Wein?« fragte ich.

»Nein, ich trinke immer nur Mineralwasser.«

Unter den Augen des Kellners nahm ich einen Schluck. Der Wein war wunderbar. Ich bin keine Kennerin, aber ich fand, er erinnerte an einen Wein, den ich vor vielen Jahren einmal in Italien getrunken hatte und dessen Namen ich in Erinnerung behalten hatte. Gavi dei gavi. Als der Kellner mein Glas gefüllt hatte und gegangen war, konnte ich mich nicht zurückhalten, die Flasche aus dem Kübel zu holen und auf das Etikett zu schauen. Es *war* ein Gavi dei gavi!

Ich schaute Antonio verblüfft an.

»Woher hast du gewußt, daß das mein Lieblingswein ist?« sagte ich.

Er antwortete nicht, lächelte nur erfreut.

Austern gehörten auch zu meinen Lieblingsspeisen, und ich aß sie höchstens alle fünf Jahre einmal. Ich bekam wieder das Gefühl, in einem Märchen zu sein, einer verzauberten Dimension.

Ich blendete völlig aus, daß Märchen sich ganz schnell in einen Alptraum verwandeln können. Ich trank meinen Wein in großen, genüßlichen Schlucken, und als ich mein leeres Glas auf den Tisch stellte, holte Antonio sofort die nässetriefende, kühle Fasche aus dem Eiskübel und goß mir nach.

Ich aß und trank, und ein Zustand archaischen Wohlbefindens breitete sich in mir aus. Ich fühlte mich wieder im Gleichgewicht, hatte meine Lust unter Kontrolle.

»Hör mir jetzt mal gut zu«, sagte Antonio mit leiser Stimme, als der Kellner unsere Teller mit den Austernschalen abgeräumt hatte.

Er hatte sich eine Zigarette angezündet, und sein Gesichtsausdruck war plötzlich völlig verändert: Er schaute mich nicht mehr wie ein Mann an, sondern ganz neutral und sachlich.

»Was ist?« fragte ich etwas erstaunt, ebenfalls mit gedämpfter Stimme.

»Ich möchte dich um etwas bitten. Frag mich bitte nicht, warum. Ich kann es dir jetzt nicht erklären, später wirst du alles erfahren.«

»Und was soll ich machen?« fragte ich.

»Du sollst dir jemanden anschauen, der hier im Lokal ißt. Aber er darf nicht merken, daß du ihn beobachtest. Das ist alles.«

Ich nickte, etwas zweifelnd, aber natürlich konnte ich mir jemanden anschauen, wenn ihm daran lag.

»Hinter mir, ganz hinten im Lokal sitzen drei Männer an einem Tisch«, sagte er. »In der einen Ecke.«

Ich hob die Augen und suchte mit dem Blick, aber Antonio beugte sich vor und sagte mit gedämpfter Stimme:

»Jetzt nicht.«

Dann lehnte er sich ein wenig zurück und nahm einen Schluck Mineralwasser.

»Später«, sagte er. »Aber sie dürfen nichts merken. Den Mann in der Mitte, den Blonden, sollst du dir anschauen. Die anderen sind uninteressant.«

»Okay«, sagte ich.

Antonio nahm einen Zug aus seiner Marlboro.

»Versuche dir genau zu merken, wie er aussieht. Ich wiederhole, es ist wichtig, daß du keinerlei Aufmerksamkeit erregst. Sei diskret.«

»Okay«, sagte ich wieder.

Eigentlich hätte ich in dem Moment kapieren müssen, daß jetzt der Augenblick gekommen war, mich zurückzuziehen. Aber ich befand mich schon in Antonios Kraftfeld und war verblendet.

Als der Kellner mit unseren Pastagerichten kam – Spaghetti alle vongole und keine Vongole aus der Dose, sondern in der Schale gekocht –, ließ ich meinen Blick zum Tisch mit den drei Männern schweifen.

Mein erster, unmittelbarer Eindruck, den ich von dem dunkelblonden Mann in der Mitte hatte, war, daß er völlig unbedeutend aussah. Er hatte weiche, teigige Gesichtszüge, die Haut war matt, der Blick flach. Er konnte um die Vierzig sein. Seine dunkelblonden Haare waren dünn. Seine Kleidung war so trivial wie er selbst, hellbrauner Anzug, hellblaues Hemd.

Aber dann bemerkte ich, daß er eine gewisse Autorität besaß. Die anderen beiden wandten sich ihm dauernd zu, er war das Zentrum ihrer Aufmerksamkeit. Da der Blonde vollauf damit beschäftigt war, etwas zu erklären, hatte ich keine Eile. Keiner der drei Männer bemerkte, daß sie beobachtet wurden, ich ließ mir also Zeit.

»Was sind das für Typen?« fragte ich Antonio, als ich ihn wieder anschaute.

»Darüber möchte ich jetzt nicht sprechen«, sagte er leise und ein wenig gepreßt und wickelte Spaghetti um seine Gabel. »Ich werde dir später alles erklären.«

»Wann?« insistierte ich.

»Morgen«, sagte er.

Ich wandte mich wieder meinen kalt werdenden Nudeln zu. Ich hatte nichts verstanden, aber dann wechselte Antonio plötzlich das Gesprächsthema:

»Du hast einen schönen Körper«, sagte er.

Wie nimmt eine Polin so ein Kompliment auf?

»Warum sagst du das gerade jetzt?« fragte ich. »Du kannst ihn doch gar nicht sehen.«

»Aber ich habe dich nackt gesehen«, sagte er. »Auf dem Bett deines Hotelzimmers ausgestreckt, nach der Dusche. Dein Haar war naß. Plötzlich hast du das eine Bein mit der einen Hand an der Ferse gefaßt und es ein paarmal ausgestreckt.«

Ich starrte ihn verwirrt an.

»Du hast auch ein kleines Muttermal unter dem Nabel. Stimmt das?«

»Ja«, sagte ich erstaunt. »Hast du durch das Schlüsselloch geschaut? Oder rätst du einfach wild drauflos?«

»Nein«, sagte er ruhig und lächelte. »Ich habe... mediale Kräfte. Ich habe manchmal Visionen. Und ich hatte eine Vision, wie du nach der Dusche da auf dem Bett lagst. Ich kann nichts dafür. Bist du böse auf mich?«

Ich schüttelte ungläubig den Kopf. Natürlich hatte ich schon von Medien gehört, von Leuten mit telepathischen Begabungen, aber es kam mir so unwahrscheinlich vor, daß ich auf eine dieser seltenen Personen gestoßen sein sollte. Die Chance, daß ich auf einen italienischen Mythomanen, der sich interessant machen wollte, hereinfiel, war erheblich größer. Aber andererseits, woher konnte er wissen, daß ich tatsächlich ein paarmal das Bein so gestreckt hatte und daß ich ein kleines Muttermal unter dem Nabel hatte?

»Du glaubst mir nicht?« Antonio lächelte, als ob es keine Rolle spielen würde, ob ich ihm glaubte oder nicht.

»Ich weiß nicht, was ich glauben soll«, sagte ich.

»Ich rede sonst nicht mit anderen Leuten über diese mediale Seite«, fuhr er fort. »Nur sehr wenige Menschen wissen davon. Ich bemerkte es, als ich noch klein war, ich war gerade in die Schule gekommen. Wir hatten eine schreckliche Lehrerin, die viele Kinder ungerecht behandelte. Eines Tages war ich so wütend auf sie, daß ich den Blick auf sie richtete, und da geschah das Merkwürdige, daß sie erstarrte und dann ohnmächtig zu Boden sank.«

Verblüfft hörte ich ihm zu, es klang so authentisch, daß es mich überzeugte. Schließlich passierten solche Dinge hin und wieder.

»Als meinen Eltern klar wurde, daß ich ungewöhnliche Kräfte besaß, waren sie keineswegs erfreut«, fuhr Antonio fort. »Und ich erlebte es auch selbst als Belastung, als Qual. Ich habe mein Leben lang gekämpft, um diese Kräfte zu kanalisieren, damit ich sie so selten wie möglich anwende, und dann auch nur so, daß es nicht meinem ethischen Empfinden widerspricht. Verstehst du?«

»Ich weiß nicht«, sagte ich.

»Ich könnte doch beispielsweise in eine Bank gehen und einen Kassierer so hypnotisieren, daß er mir die ganze Kasse gibt. Das wäre kein Problem. Ich verspreche dir, niemand würde es merken, weil auch der Kassierer nicht verstehen würde, was passiert ist, sich nicht bewußt wäre, was er gemacht hat. Es würde ganz natürlich aussehen, und hinterher würde niemand etwas verstehen. In meiner Jugend war das eine Zeitlang wie eine Zwangsvorstellung. Ich vermied es, an Banken vorbeizugehen, und ich fing an zu meditieren, um mich besser kontrollieren zu können. Jetzt ist das natürlich kein Problem mehr«, fügte er hinzu. »Ich meine, jetzt habe ich ja Geld, ich habe mich unter Kontrolle, soweit das möglich ist. Nur diese Visionen tauchen manchmal auf, ohne daß ich etwas dagegen tun kann. Ich hoffe, du glaubst mir, wenn ich sage, daß ich nicht die Absicht hatte, dir zu nahe zu treten.«

Ich sah ihn gedankenvoll an. Wer war dieser Mann eigentlich? Zum ersten Mal erklang ein leises Alarmsignal in mir: Ich mußte vorsichtiger sein, ich durfte nicht zulassen, daß seine Vibrationen so widerstandslos auf mich einwirkten.

Im Schweigen, das zwischen uns entstand, warf ich noch einen Blick auf den Mann mit den dünnen dunkelblonden Haaren. Er hob gerade ein Glas Kognak an seine schmalen Lippen, die anderen beiden schauten ihn mit einer Art Verehrung an, während er trank und dann sein Glas mit nachdrücklicher Befriedigung abstellte. Als ich spürte, daß er im nächsten Moment in meine Richtung schauen würde, sah ich wieder Antonio an:

»Ich glaube dir«, sagte ich. »Ich meine, ich glaube nicht, daß du so etwas erfindest. Aber es klingt schon merkwürdig.«

Ich wußte, daß der Blick des Dunkelblonden in dem Moment durch den Raum schweifte, um zu sehen, wer ihn beobachtet hatte, aber vergeblich. Ich wagte sogar noch einmal einen schnellen Blick, den ich kaschierte, indem ich so tat, als ob ich planlos und zerstreut im Lokal umherschaute, und ich merkte, daß der Mann sich gestört fühlte.

»Dieser Typ gefällt mir überhaupt nicht«, sagte ich mit einem diskreten Nicken über Antonios Schulter.

Antonio antwortete nicht. Er schüttelte nur leicht den Kopf und schaute auf seinen Teller.

»Warum kannst du mir nicht sagen, wer es ist?« fragte ich ein bißchen aufsässig.

»Ach, das spielt doch keine Rolle, Liza, es ist... eine Person, die ich observiert habe.«

»Sehr erhellend«, sagte ich, aber Antonio schien keine Antenne für Ironie zu haben. Er schaute mit einem ablenkenden Lächeln zu mir auf und fragte, ob ich einen Nachtisch wolle.

»Ich bin zu satt«, sagte ich, »aber ich würde sehr gerne einen Espresso trinken.«

Antonio bestellte zwei Espressi. Ein merkwürdiges Schweigen war zwischen uns entstanden, und während wir unseren Kaffee tranken, standen die Herrschaften zwei Tische weiter auf. Auf dem Weg zum Ausgang kamen sie an unserem Tisch vorbei. Gerade als sie vorübergingen, beugte Antonio sich vor und nahm meine Hand. Er fragte mich, ob ich einen Digestivo, vielleicht einen Kognak wolle? Die Berührung verwirrte mich so sehr, daß ich die drei Männer, die vorbeigingen, nicht bemerkte.

»Ich weiß nicht«, sagte ich matt.

»Sonst können wir auch später im Hotel noch etwas trinken«, schlug Antonio vor.

Als er bezahlt hatte und wir das Restaurant verließen, nahm er mich wieder am Arm. Auf dem Weg zum Hotel versuchte ich, mich gegen etwas zu wehren, das mich zu überwältigen drohte, das spürte ich. Und gleichzeitig wollte ich diese Überwältigung, ich sehnte mich wie wahnsinnig danach. Es war ein Kampf, der meine ganze Energie in Anspruch nahm. Ich dachte also keinen Augenblick an den Mann mit den dunkelblonden Haaren. Er war aus meinen Gedanken getilgt. Ich war ganz mit meiner intensiven Verwirrung beschäftigt, überwältigt von Antonio an meiner Seite, der eine Idee kleiner war als ich, und von der warmen, dunklen Nacht, die uns mit wollüstiger Weichheit einhüllte.

3

Kurz bevor wir beim Hotel waren, verlangsamte Antonio seinen Schritt und bat mich, allein vorauszugehen, meinen Schlüssel zu holen und zu warten, bis er mich kurze Zeit später in meinem Zimmer anrufen würde.

Als ich mit dem Aufzug nach oben fuhr, hatte ich das Gefühl, aus der Falle der Verwirrung zu entkommen, und sobald ich in mein wunderbares Zimmer kam, war ich frei. Mir wurde klar, daß ich nur allein sein wollte. Es war, als ob eine Verzauberung aufgehoben worden wäre, als ob mein bizarrer Zustand nur vorübergehend gewesen wäre, und ich wurde ganz ruhig und beherrscht. Warum sollte ich eigentlich mit Antonio ins Bett gehen? Wollte ich wirklich, daß er wieder in meine Welt trat? In mein Zimmer? Er hatte ja selbst gesagt, daß er sich nicht aufdrängen würde, wenn ich nicht wolle. Ich beschloß zu sagen, daß ich müde sei und sofort schlafen gehen wolle. Ich sank auf das Bett und streckte mich aus. Ich nahm mir vor, das Hotel ganz früh am Morgen zu verlassen, noch bevor Antonio aufwachte, und zum Bahnhof zu gehen. Schließlich hatte ich ja nicht vor, meine Ferien in Brüssel zu verbringen. Ich war unterwegs nach Paris, Martha erwartete mich. Mitten in diesen Gedankengängen klingelte das Telefon auf meinem Nachttisch.

»Ja?« sagte ich neutral.

»Liza? Ist alles in Ordnung?«

»Ja sicher«, sagte ich abwartend.

»Willst du auf einen Drink zu mir ins Zimmer kommen?«

Aha, der umgekehrte Vorschlag. Ich weiß nicht, warum, aber irgendwie war ich darauf eingestellt gewesen, daß er zu mir kommen wollte. Nun war es sein Zimmer und ein Drink. Das wäre eine diplomatische Lösung für mein kleines Problem.

»Okay«, sagte ich, »aber ich bin sehr müde und muß mich bald schlafen legen.«

»Du bleibst, solange du selbst willst, Cara. Ich warte auf

dich«, sagte er und schien sich in keiner Weise an meinem plötzlich ziemlich reservierten Tonfall zu stören.

Draußen im Flur merkte ich, daß ich vergessen hatte, die Schuhe wieder anzuziehen, die ich, kaum daß ich in meinem Zimmer war, im triumphierenden Gefühl des Alleinseins von mir geschleudert hatte. Einen Moment lang starrte ich meine bloßen Füße an, hatte aber keine Lust zurückzugehen. Ich ging also barfuß weiter zum Aufzug. Ich hatte mir auch nicht die Haare gebürstet und sah bestimmt ungepflegt aus. Doch ich vermied es, mich im Spiegel anzuschauen.

Antonios Tür war für mich angelehnt, ich schlüpfte hinein und schloß sie hinter mir. Dann lehnte ich mich mit dem Rücken dagegen, als ob ich nicht weiter ins Zimmer wollte.

Antonio stand am Fenster. Als ich hereinkam, drehte er sich um, aber er kam nicht auf mich zu. Wir standen eine Weile wie fixiert. Dann lächelte er mich an, als ob alles normal wäre zwischen uns, und fragte mich, ob ich etwas trinken wolle. Wein, Whisky, Mineralwasser?

»Einen kleinen Whisky«, sagte ich. »Mit ein paar Tropfen Mineralwasser.«

Eine Freundin von mir, die aus Schottland stammt, hatte mir erklärt, daß die echten Whiskykenner immer einen Schluck Wasser in ihren Drink gossen, weil das den Geschmack abrundete und den Effekt verstärkte.

Als er meinen Whisky eingegossen hatte, kam er mit dem Glas zu mir.

»Danke«, sagte ich und nahm das Glas.

Ich lehnte immer noch an der Tür.

»Es gefällt mir, dich barfuß zu sehen«, sagte Antonio mit einem Tonfall, der klang, als ob ich nur dafür geschaffen wäre, damit er mich anschauen konnte.

»Ach, ich habe vergessen, meine Schuhe wieder anzuziehen«, sagte ich kurz. »Ich bin ziemlich zerstreut.«

»Ist das wahr?«

Er blieb auch stehen, ganz nahe bei mir, ohne mich zu berühren. Dann drehte er sich ruhig um und setzte sich in einen der beiden tiefen Sessel, das Gesicht mir zugewandt.

»Da bin ich gar nicht so sicher«, fuhr er fort. »Ich glaube im Gegenteil, daß du ziemlich wachsam bist. Warum versuchst du, mich zu täuschen?«

»Ich versuche überhaupt nicht, dich zu täuschen«, sagte ich ärgerlich. »Man kann sehr wohl gleichzeitig wachsam und zerstreut sein. Das ist kein Widerspruch.«

Ich nahm einen Schluck Whisky, um deutlich zu machen, daß ich meinte, was ich sagte. Antonio lächelte nur und nickte. Was sollte ich jetzt machen? Mich setzen? Wohin? Auf den zweiten Sessel? Aber über dem lagen Kleidungsstücke. Auf das Bett? Natürlich nicht.

»Es gefällt mir, wie du da stehst«, sagte Antonio aus seinem Sessel. »Ich schaue dich gern an, ich könnte stundenlang hier sitzen und dich anschauen.«

Mein reserviertes oder vielmehr abweisendes inneres Gleichgewicht war sofort dahin, und ich wußte, wenn ich nicht sehr vorsichtig war, würde ich gleich wieder in seinem Bann sein. Seine Worte hatten mich schon berührt, sie vibrierten in mir, und die quälende, erregende Verwirrung kam mit ganzer Kraft wieder.

»So«, sagte ich so gleichgültig wie möglich. »Aber ich werde auf jeden Fall bald gehen und mich schlafen legen, ich bin todmüde.«

Ich trank noch einen Schluck. Dann stellte ich das Glas auf den Boden und lehnte mich wieder an die Tür. Ich werde gleich fallen, dachte ich. Meine Knie wurden schon weich.

Ich schaute Antonio an, und als unsere Blicke sich trafen, spürte ich, daß ich schon verloren hatte. Er hatte mich schon wieder in seiner Macht. Ich fühlte mich schwer und entwaffnet und wartete nur auf seinen nächsten Zug.

»Knöpf dein Kleid auf«, sagte Antonio weich, in einem Tonfall, der davon zeugte, daß er ganz sicher war, ich würde tun, was er sagte. Ohne Willensanstrengung begann meine eine Hand, die kleinen Knöpfe meines Oberteils bis zur Taille aufzuknöpfen. Ich machte es wie in Trance, und die Lust schnürte mir den Hals zu. Ich konnte kaum schlucken. Das Oberteil des Kleides fiel weich auseinander, und Antonio schaute mich eine Weile schweigend an. Unsere Blicke trafen sich.

»Zieh deinen Slip aus«, sagte er, während wir uns anschauten.

Ich ließ ihn neben das Whiskyglas fallen.

»Leg dich auf das Bett«, sagte er weich und stand auf.

Seine Aufforderung wurde sofort von meinem Körper aufgenommen, ich wollte nichts anderes, als von ihm gesteuert zu werden, ich wurde so erregt, wie noch nie in meinem Leben, als ob eine tiefe Saite in mir angerührt worden wäre. Ich ging zum Bett und legte mich hin, ich zitterte, aber ich war nicht mehr verwirrt, ich war durch und durch Lust, ich konnte es nicht erwarten, daß er kam und sich neben mich auf das Bett setzte. Seine Hände glitten über meine Brüste, meine Hüften, so wie ich es zuvor schon in meiner Phantasie gesehen hatte, und weiter zwischen die Schenkel. Ich hörte mich wimmern, als seine Finger in mich glitten und er sich über mein Gesicht beugte. Ich nahm seine Zunge auf, ganz tief, ich öffnete mich für ihn und stöhnte laut: »Antonio, Antonio, das ist zu viel, nimm mich, ich komme schon, es ist wahnsinnig, ich kann es nicht zurückhalten…«

»Halt es nicht zurück«, murmelte er, legte sich auf mich und drang in meine Konvulsionen ein. Ich klammerte mich mit dem Mund an ihm fest, mit dem Unterleib, mit den Schenkeln. Er war stark, ich spürte, daß ich die Dämme brechen lassen konnte, ich vertraute ihm. Meine Oberschenkelmuskeln stemmten sich gegen seine Stöße, und sein Glied wurde noch härter, als er in mich eindrang. Ich vergaß alles, Hotelzimmer, dünne Wände, Gäste, offene Fenster, ich gab auf unter ihm, ich schrie vor Genuß, und er ermunterte mich, er spornte mich mit heiserem Flüstern an, und es ging immer weiter und weiter. Jedesmal, wenn ich einen Höhepunkt erreichte, zog er sich ein wenig zurück, und ich stöhnte, er solle wieder in mich kommen, und wenn er das tat, kam ein neuer Höhepunkt, bis die Zeit sich ganz auflöste und ich meine ganze Energie verbraucht hatte, bis ich spürte, noch einmal, und ich sterbe.

Jetzt wurde mir klar, wogegen ich mich gewehrt hatte: Ein solcher Genuß war zu groß, er erschreckte mich durch seine Heftigkeit, er öffnete sich wie ein schwarzes Loch, das alles aufsog, das Ego, Planeten, Galaxien. Und in der Tiefe meines Selbst wollte ich nur aufgesaugt werden, für immer in dieses schwarze Loch fallen. Da hatte Antonio seinen Orgasmus, er drückte seinen Kopf ins Kissen, um den Schrei zu dämpfen.

Hinterher lagen wir lange keuchend und erschöpft nebeneinander, der Schweiß klebte in den Haaren, den Leisten. Schließlich stützte Antonio sich auf den einen Ellbogen und zündete eine von seinen ewigen Marlboros an. Ich schaute ihn an, erstaunt. Wie war es möglich, daß ich einen Mann wie ihn getroffen hatte? Er schien zur Sphäre der Phantasmen zu gehören, zu einer platonischen Ideenwelt, aber paradoxerweise in körperlicher Bedeutung. Es war nicht so gedacht, daß er existierte, aber hier war er, ganz materialisiert, in aller Ruhe eine Zigarette rauchend, matt vor Befriedigung. In seinen Augen war wieder dieses Schimmern, ich konnte nicht genug davon bekommen, ihn anzuschauen, den einen Arm hinter dem Nacken, den Kopf auf das Kissen gestützt und das Geschlecht zufrieden auf dem Schenkel ruhend.

»Du bist also Hypnotiseur«, sagte ich. »Könnte es sein, daß du mich zu dem hier hypnotisiert hast?«

Ich war in einem Zustand des munteren Erstaunens und unwahrscheinlichen Glücks. Meine Gefühle und meine Energie hatten sich voll ausgelebt und waren angenommen worden, ein Erlebnis, das völlig außerhalb meines normalen Erfahrungsmusters lag.

»Im Gegenteil, du hast mich hypnotisiert«, sagte Antonio. »Als du auf dieses Café zukamst.«

Dann fragte er mich plötzlich, ob ich mir vorstellen könne, ihm einen Gefallen zu tun, und da ich nicht normal reagieren konnte, wurde ich nicht mißtrauisch. Im Gegenteil, ich wurde bloß neugierig.

»Ich kann dir immer noch nicht erklären, worum es geht«, sagte Antonio. »Und wenn du keine Lust hast zu tun, was ich dir vorschlage, kannst du natürlich nein sagen. Ich wiederhole, ich zwinge dich zu nichts.«

»Und was soll ich für dich tun?« fragte ich.

»Morgen vormittag ein Auto mieten«, sagte er. »Und eine kleine Spazierfahrt in eine Villengegend von Brüssel machen.«

»Das würde ich gerne tun«, sagte ich, »aber ich habe kein Geld.«

»Ich bezahle es natürlich, du Dummerchen«, sagte er. »Du mietest ein nettes kleines Auto.«

»Das klingt gut«, sagte ich, »und was machen wir dann in dieser Villengegend?«

»Wir fahren nicht zusammen«, sagte Antonio. »Ich zeige dir auf einer Karte, wohin wir fahren, dann fahre ich dir in meinem Auto hinterher, aber nicht bis ganz hin. Ich biege bei einer Seitenstraße ab, ungefähr fünfhundert Meter, ehe du parkst, an einer Stelle, die ich dir auch auf der Karte zeigen werde.«

»Okay«, sagte ich. »Und dann?«

»Dann wartest du, bis ein Auto aus einer bestimmten Hauseinfahrt herausfährt. Wenn es ein paar hundert Meter die lange Straße, auf der du parkst, entlanggefahren ist, folgst du diesem Auto. Ich hänge mich dann dran und folge dir. Aber wir dürfen auf keinen Fall zu erkennen geben, daß wir einander kennen und in Kontakt stehen.«

Ich nickte. So weit klang es nicht sonderlich kompliziert, aber ich wunderte mich allmählich doch, was hinter diesem ganzen Szenario lag.

»Wir müssen vielleicht einige Stunden warten, du mußt also Geduld haben.«

»Wen willst du denn beschatten?« fragte ich. »Es ist doch wohl nicht dieser schreckliche Typ aus dem Restaurant?«

In dem Moment, als ich es aussprach, wußte ich, daß ich richtig geraten hatte.

Antonio lächelte.

»Ja, stimmt«, sagte er dann.

»Aber wer ist es denn eigentlich?«

»Er heißt Jurij Rudenko und ist Ukrainer. Mehr kann ich im Moment nicht sagen. Er wird einen Chauffeur haben, und sie werden ins Zentrum fahren. Da wird Rudenko aus dem Auto aussteigen und einen kleinen Spaziergang machen wie ein Tourist. Der schwerste Augenblick für uns ist, wenn er aussteigt, denn da müssen wir schnell unsere Autos parken und ihm zu Fuß folgen. Wir müssen improvisieren. Du folgst ihm zuerst, ich werde ein wenig Abstand halten. Kommst du noch mit?«

Ich dachte nach. Ich hörte ihm ernst und aufmerksam zu, als ob ich die Instruktionen schon speichern und nicht einem Vorschlag zuhören würde, den ich noch ablehnen konnte.

»Bis jetzt ja«, sagte ich.

»Eins ist ganz wichtig, bevor ich weitermache: Falls er merken sollte, daß er beschattet wird, müssen wir das Ganze sofort abblasen. Beim kleinsten Anzeichen. Wenn er sich umdreht, wenn er stehenbleibt und zurückschaut. Verstehst du?«

»Und was mache ich in diesem Fall?«

»Du gehst an ihm vorbei, als ob nichts passiert wäre, tust so, als würdest du ihn gar nicht sehen, dann schüttelst du ihn ab und gehst ins Hotel zurück.«

Er machte eine Pause und zündete sich wieder eine Zigarette an.

»Aber wenn du sicher bist, daß er nicht merkt, daß du ihm folgst, wartest du auf eine Situation, in der du auf ihn zugehen und ihn ansprechen kannst, egal unter welchem Vorwand. Frag ihn etwas, nach einer Straße, der Uhrzeit, halt ihn einfach einen Moment auf. Wenn er an einem Schaufenster stehenbleibt oder in ein Café geht, in ein Geschäft, ganz egal. Das wird dir bestimmt nicht sonderlich schwerfallen, er interessiert sich sehr für Frauen.«

Ich sah den farblosen, diffus unangenehmen dunkelblonden Mann vor mir und fragte mich, welche Frau ihn wohl attraktiv finden könnte.

»Meinst du, daß du das machen könntest?« fragte Antonio.

»Bis hierher schon.«

»Das ist alles«, sagte Antonio. »Während du ein paar Worte mit ihm wechselst, werde ich an euch vorbeigehen, ziemlich nah. Du darfst dir nichts anmerken lassen, du erkennst mich nicht. Was auch passiert. Und wenn ich vorbeigegangen bin, entziehst du dich in aller Ruhe und setzt deinen Spaziergang fort. Sieh zu, daß er dich nicht verfolgt. Falls er es tun sollte, schüttel ihn ab. Dann spazierst du zum Auto zurück, fährst zum Hotel, gehst in dein Zimmer und wartest auf mich. Wenn ich komme, werde ich dir erklären, was geschehen ist. Ich werde dir die ganze Geschichte erzählen, aber nur unter einer Bedingung.«

»Welcher?« fragte ich.

»Du mußt versprechen, niemals etwas auch nur einem einzigen Menschen zu erzählen. Niemandem. Niemals.«

»Ich verspreche es.«

In dem Moment, als ich es sagte, wurde mir klar, daß ich akzeptiert hatte, in seinem Szenario mitzuspielen, und ich war plötzlich fürchterlich müde. Antonio, der nackt neben mir im Bett lag, verwandelte sich in einen Fremden. Hatte ich wirklich vor kurzem in seinen Armen gelegen und hatte vor Lust geschrien?

»Jetzt mußt du schlafen«, sagte der rauchende Fremde zu mir und drückte die Zigarette im Aschenbecher auf dem Nachttisch aus.

Ich weiß nicht, woher ich die Kraft hatte, auf die Füße zu kommen, aber ich stand aus dem Bett auf und knöpfte mein Kleid zu. Antonio verfolgte meine Bewegungen. Sein Blick machte meine Finger träge und ungeschickt.

»Mein Gott, bin ich müde«, murmelte ich. »Ich glaube, ich war in meinem Leben noch nie so müde.«

Antonio verließ das Bett, kam zu mir, ich stand da barfuß in meinem zerknitterten Kleid. Er nahm mein Gesicht in beide Hände.

»Ich würde dich gerne in dein Zimmer bringen, aber es ist klüger, kein Risiko einzugehen und nicht zusammen gesehen zu werden. Gute Nacht, Cara, ich rufe dich morgen früh an.«

»Gute Nacht«, sagte ich schwach.

Als er mich auf die Wange küßte, war ich sekundenlang in einem totalen Vakuum und wußte nicht mehr, wer der Mann war, der mir mit einer so merkwürdigen Zärtlichkeit gute Nacht sagte. Ich wußte nicht einmal mehr, wie er hieß. Vielleicht hätte ich auch nicht mehr gewußt, wie ich heiße, wenn mich jemand gefragt hätte.

Normalerweise wäre es natürlich kein Problem gewesen, von einem Hotelzimmer in ein anderes zu gehen, aber als Antonio die Tür hinter mir geschlossen hatte und ich allein in dem stillen Flur stand, wußte ich nicht, wie ich es schaffen sollte. Mein Zimmer schien sich in einer anderen Dimension zu befinden, und ich hatte keine Ahnung, wie ich dort hinkommen sollte. Ich ging durch eine unendliche Leere, sie war mit einem dicken Teppich belegt und von weichen Lampen in Form von Kandelabern beleuchtet, ich hatte einen Schlüssel in der Hand, der irgendwie die Tür zurück zur normalen Welt aufschließen sollte, meiner alten Alltagswelt ohne erschöpfende Orgasmen und rätselhafte Szenarien, aber ich konnte mir gar nicht vorstellen, daß sie noch existierte. Vielleicht hatte sie überhaupt nie existiert? Vielleicht war sie nur eine Illusion, in der ich eine provisorische Geborgenheit in einem chaotischen Universum voller Fallen und betrügerischer Kulissen verspürte.

Der Roboter in mir schien übernommen zu haben. Ich kann mich nicht erinnern, wie ich zur Tür kam und sie öffnete, aber sobald ich sie hinter mir zugemacht hatte und meine große, unförmige Handtasche auf dem Bett liegen sah, die Schuhe auf dem Boden, das Badehandtuch über einem Stuhlrücken und das Fenster offen, wie ich es verlassen hatte, kam die Erinnerung zurück. Ich ging ins Badezimmer, wusch mir das Gesicht, putzte die Zähne, ließ Wasser ins Bidet ein und duschte den Unterleib, ohne an etwas zu denken. Ich konzentrierte mich nur auf das, was ich tat. Dann legte ich mich ins Bett, und der Schlaf zog sofort den Vorhang zu allen anderen Welten zu.

4

Am nächsten Morgen klingelte um acht Uhr das Telefon. Ich war schon wach und hatte mir gerade das Frühstück aufs Zimmer bestellt. Ich war ausgeruht und konnte mich nicht erinnern, etwas geträumt zu haben. Über den beginnenden Tag fielen noch keine Schatten.

»Guten Morgen, Cara, hast du gut geschlafen?«

Seine Stimme klang wieder normal, tief, melodisch, vibrierend. Sie machte mir ein wohliges Gefühl. Die Verzauberung war wieder da und weckte plötzlich auch die Erinnerung daran, wie wir uns am Abend zuvor geliebt hatten. Der bloße Gedanke an ihn ließ mein Herz schneller schlagen. Ich sah ihn vor mir, immer noch im Bett, die erste Zigarette rauchend, und plötzlich sehnte ich mich danach, bei ihm zu sein.

»Ja, sehr gut«, sagte ich.

»Hast du schon gefrühstückt?«

»Ich habe das Frühstück gerade bestellt.«

»Ausgezeichnet. Wenn du gefrühstückt hast und fertig bist, komm bitte zu mir. Wir werden dann bei Hertz anrufen und sie bitten, einen Wagen zum Hotel zu bringen, und dann studieren wir zusammen den Stadtplan.«

Erst da fiel mir wieder ein, was ich Antonio am Abend zuvor versprochen hatte. Ich hatte mir schon überlegt, das Frühstückstablett mit in Antonios Zimmer zu nehmen und dann den Vormittag in seinem Bett zu verbringen. Statt dessen müßte ich zu einer Villa fahren und diesen unangenehmen Typen, der Rudenko hieß, beschatten. Eine große Wolke türmte sich an meinem Horizont auf.

»Ja, klar«, sagte ich ohne Begeisterung. »Ich komme gleich.«

Aber als ich meinen Café au lait trank und ein wunderbares, warmes Croissant aß, verschwand mein Frust: Es war ein schöner Tag, und eine kleine Autofahrt war vielleicht ganz nett. Ich fuhr ja gerne, und ich hatte kein Auto mehr, seit mein alter R5 im letzten Jahr nicht mehr durch den TÜV gekommen war und ich ihn zum Schrottwert hatte verkaufen müssen.

Ich duschte, steckte die Haare in einem Knoten auf und zog wieder das schwarze Kleid an. Ich wollte diskret und neutral aussehen. Da ich vielleicht auch ein gutes Stück würde laufen müssen, zog ich die Turnschuhe anstelle der Sandalen mit Absatz an und ging dann zu Antonio. Die Tür war wieder angelehnt, und niemand sah mich, als ich hineinschlüpfte.

Antonio hatte schon die Telefonnummer von Hertz herausgesucht. Ich rief an und bestellte das Auto, das in einer halben Stunde zum Hotel gebracht werden würde. Einen Toyota Corolla. Als ich aufgelegt hatte, erschien mir der Gedanke, ein neues, kleines Auto fahren zu dürfen, richtig angenehm: ein Auto, das problemlos anspringen würde, nicht an jeder Ampel ausging, wenn man nicht gleichzeitig auf Bremse und Gas trat, für das man keine Spezialtricks brauchte, wenn man vom dritten in den zweiten Gang schalten wollte, ein Auto mit funktionierenden Blinkern und Fenstern, die sich problemlos herunterkurbeln ließen. Oder sogar auf Knopfdruck.

Dann breitete Antonio einen Stadtplan auf dem kleinen Schreibtisch aus und zeigte mir, wie wir fahren würden: Antonio würde mir vorausfahren, bis zu einer Querstraße, wo er auf mich warten würde. Ich würde die ziemlich lange Vorortstraße noch weiterfahren und ein paar hundert Meter vor dem Haus parken, aus dem Rudenkos Auto kommen würde.

Als wir alle Einzelheiten noch einmal durchgingen, wurde ich zum ersten Mal ein wenig nervös und fragte mich, ob ich es wirklich schaffen würde. Vielleicht würde ich diesen Rudenko in seinem Auto schon nach ein paar Straßen verloren haben und die ganze Operation verderben. Warum machte ich überhaupt solche Dummheiten? Eigentlich hatte ich doch Ferien.

»Das ist für das Auto«, sagte Antonio und reichte mir einen Umschlag, der eine ansehnliche Menge Geldscheine zu enthalten schien. »Geh jetzt an die Rezeption, das Auto kommt sicher gleich. Wenn du alles mit den Papieren geregelt hast, dann geh hinaus, setz dich ins Auto und warte, bis ich auftauche.«

Ich steckte den Umschlag in die Handtasche.

»Hinterher gehen wir zusammen zu Mittag essen, du darfst aussuchen, wo«, sagte er und küßte mich auf die Wange.

Ich war kaum unten in der Halle, als ein junger Mann von Hertz kam.

Perfektes Timing, das ist ein gutes Zeichen, dachte ich, um mir selber Mut zu machen.

Während ich die Papiere unterschrieb, kam Antonio an die Rezeption und legte, ohne zu warten, seinen Schlüssel auf den Tresen. Wie ein dunkler Schatten verschwand er zum Ausgang. Als ich bezahlen wollte, nahm ich den ganzen Packen Scheine aus dem Umschlag und überließ es dem jungen Mann von Hertz, sich die benötigte Anzahl Scheine zu nehmen. Ich verstand nichts von dem belgischen Geld mit den vielen Nullen. Über die Hälfte bekam ich zurück. Auf der Straße stand ein kleiner, dunkelblau glänzender Toyota und wartete auf mich. Er gefiel mir sofort, und ich konnte es kaum erwarten. Der Hertzmann zeigte mir noch, wo die Gänge waren und wie die Scheinwerfer und Blinker funktionierten.

»Have a nice day«, sagte er, nachdem er ausgestiegen war.

»Danke«, erwiderte ich und setzte mich hinters Steuer. Ich atmete den verführerischen Geruch von neuem Leder, neuem Lack, überhaupt einem neuen Auto ein. Meine Nervosität verschwand, ich sah keinen Grund, warum ich keinen angenehmen Tag haben sollte. Die Sonne schien, ich hatte dieses entzückende Auto zur Verfügung, und später, wenn wir unseren bizarren Ausflug hinter uns hatten, würde ich wieder mit Antonio zusammen sein. Ich schaute in den Rückspiegel und sah, daß der kastanienbraune BMW um die Ecke kam. Ich ließ das Auto an und als Antonio an mir vorbeigefahren war, fuhr ich aus der Parklücke heraus und hinter ihm her.

Wir bogen in eine der großen Avenuen ein, die südwärts aus dem Zentrum herausführen. Antonio fuhr ziemlich schnell, doch ich hatte keine Probleme, ihm zu folgen, ich fühlte mich sehr schnell wieder heimisch hinter dem Steuer, das flotte kleine Auto vermittelte mir ein richtig überlegenes Gefühl. Wir fuhren durch Vororte mit Mietshäusern, dann kamen kleinere, anspruchslose Einfamilienhäuser mit ordentlichen Vorgärten. Dann waren wir plötzlich in einer ganz anderen Gegend, und man merkte sofort, daß hier die wirklich reichen Leute wohnten: Alles wurde irgendwie ruhiger, schattiger, kühler. Patrizierhäuser aus dunklen Ziegelsteinen standen hinter Hecken und Mauern, und entlang der Straße standen riesige Bäume mit dunkelroten Blättern. Man sah keine Menschen auf der Straße, nur ab und zu kam uns ein Auto entgegen, das Richtung Zentrum fuhr. Wir näherten uns der Querstraße, wo Antonio abbiegen würde. Er blinkte, bog ab und verschwand. Ich fuhr weiter bis ans Ende der Straße, wo ich auf eine lange Querstraße stieß. Ich drehte, fuhr einen Block zurück und parkte am Straßenrand im Schatten eines großen Baumes zwischen den Einfahrten zu zwei riesigen Villen.

Als ich den Motor abgestellt hatte und zu warten anfing, vermied ich es, die düsteren Häuser anzuschauen. Sie machten mich beklommen. Irgendwie haben die Häuser von reichen Leuten immer etwas Düsteres, dachte ich, egal in was für einem Stil sie gebaut sind, sie hatten immer etwas von einer Grabkammer. Ich dachte darüber nach, ob ich nicht lieber in einer Favela wohnen würde, wenn ich schon zu wählen hätte. Der Sozialismus war zwar bankrott gegangen, aber das mußte ja nicht automatisch heißen, daß ein System, das solche Wohnviertel hervorbrachte, das beste denkbare war. Die Frage war, wie man die höchsten Steine in der sozialen Pyramide entfernen konnte. Und wer könnte garantieren, daß sie nicht wieder hingebaut wurden? Ich kurbelte das Fenster herunter und schaute die lange, stille Straße entlang. In meinem gemieteten Toyota gab es ein Radio, ich traute mich jedoch nicht, es anzumachen. Ich hatte Angst, abgelenkt zu werden und wollte auch keinerlei Aufmerksamkeit auf mich lenken. Das Haus, das ich im Auge behalten sollte und aus dessen Einfahrt ein Auto kommen würde, in fünf Minuten oder in ein oder zwei Stunden, dieses Haus war das dritte auf der anderen Straßenseite.

Ich wartete fast eine Stunde. Ab und zu fuhr ein Auto vorbei, aber kein einziger Fußgänger war zu sehen. Nicht einmal ein Kindermädchen mit Kinderwagen. Schließlich glitt ein dunkles Auto aus dem Tor, das ich bewachen sollte. Es schien ins Zentrum fahren zu wollen. Ich wartete, bis es ein ganzes Stück weiter unten war, ließ dann den Wagen an und fuhr langsam hinterher. Antonio bog wie verabredet hinter mir aus der Querstraße ein. Dann fuhren wir in einer lockeren Karawane, ich in der Mitte, den ganzen Weg in die Stadt zurück. Anfangs war ich ziemlich angespannt, aber nach einer Weile entspannte ich mich. Alles schien nach Plan zu laufen. Das dunkle Auto mit Rudenko auf dem Rücksitz fuhr nicht sehr schnell und machte auch keine Umwege. Ab und zu schaute ich in den Rückspiegel und hatte immer Antonios BMW hinter mir.

Kurz vor der Börse mitten im Zentrum hielt das dunkle Auto an und ließ den Motor laufen. Ein Mann stieg aus, beugte sich zum offenen Beifahrerfenster herunter und sprach mit dem Chauffeur. Dann trat er einige Schritte zurück, und das Auto fädelte sich wieder in den Verkehr ein und verschwand. Der Mann blieb auf dem Bürgersteig stehen und schaute sich um. Es war der Ukrainer vom Abend zuvor, kein Zweifel. Sein formloser Körper war in eine Jeans, die noch ganz neu und steif aussah, gezwängt und in ein kariertes, kurzärmeliges Hemd. Seine Augen waren hinter einer Sonnenbrille versteckt. Er hatte nichts in der Hand, seine Arme hingen neben dem Körper, er schien zu zögern, in welche Richtung er gehen sollte. Ich hatte etwa zwanzig Meter von der Stelle, wo der Ukrainer ausgestiegen war, angehalten und den Motor laufen lassen. Was mit Antonio war, kümmerte mich in diesem Moment nicht, meine ganze Aufmerksamkeit galt dem Ukrainer und seinem Tun, doch ich ging davon aus, daß Antonio irgendwo hinter mir wartete.

Überall waren Park- und Halteverbotsschilder, aber als der

dunkelblonde Mann in Jeans und kariertem Hemd sich umdrehte und in eine Querstraße zur Grand' Place einbog, fuhr ich einfach auf den Bürgersteig, parkte provisorisch und lief zu der Querstraße, in die der Ukrainer abgebogen war. Ich sah ihn ein Stück weiter vorn. Er schien es nicht eilig zu haben. Ich ging langsamer und hielt mich ein Stück hinter ihm, hatte immer seinen karierten Rücken und seinen breiten Jeanshintern im Blick. Er schien sich nicht für Geschäfte zu interessieren, sondern ging langsam geradeaus. Die Aufregung wegen des improvisierten Parkens legte sich, und ich dachte, jetzt ist das Schlimmste vorbei. Da der Ukrainer es nicht eilig hatte, war es Antonio bestimmt gelungen, uns zu entdecken. Er war irgendwo hinter uns in der Menschenmenge.

Es ging auf zwölf Uhr zu, die Cafés waren voller Touristen, die vermutlich einen Aperitif vor dem Essen tranken. Als wir zur Grand' Place kamen, blieb der Ukrainer eine ganze Weile stehen und betrachtete die Barockfassaden. Wie er da stand, mit den Händen in den Hosentaschen, nahm ich die Gelegenheit wahr, mich nach Antonio umzuschauen, ohne ihn jedoch zu entdecken. Ich war immer noch sicher, daß er nicht weit war. Die Hitze war wieder drückend, ich sehnte mich nach einem kalten Bier, aber Rudenko hatte offenbar keinen Durst. Er ging über den Platz und dann in die Altstadt auf der anderen Seite, immer noch nicht interessiert an dem, was die Geschäfte zu bieten hatten. Während des ganzen Spaziergangs, er dauerte mindestens eine halbe Stunde, drehte er sich nicht ein einziges Mal um, und ich war inzwischen sicher, daß er keine Ahnung hatte, daß ihm jemand folgte.

Ich hingegen fragte mich, wo Antonio abgeblieben war. Da der Ukrainer so leicht zu beschatten war, blieb ich hin und wieder stehen und schaute mich nach Antonio um, aber ich sah ihn nirgends.

Oder war er vielleicht Experte für diese Art von Übungen? Vielleicht war er da und schaffte es irgendwie, sich auf wundersame Weise versteckt zu halten.

Als Rudenko eine Runde durch die Gassen gegangen war, kehrte er wieder zur Grand' Place zurück; doch bevor wir wieder zum Platz kamen, blieb er endlich an einer Bar stehen. Die Tür war offen, und es waren nicht sehr viele Leute in dem dunklen Lokal. Er drehte sich zum ersten Mal um, ich schaute sofort ins erstbeste Schaufenster und schien sehr interessiert an den Auslagen zu sein. Eigentlich gibt es nichts, was mich weniger interessiert als Antiquitäten, ich finde, daß alle alten Sekretäre mit Intarsien und alle antiken Leuchter und Kaffeetassen ungefähr gleich aussehen, aber jetzt studierte ich aufmerksam Kristallgläser, die auf einem lackierten Tablett ausgestellt waren. Ich holte sogar meine Brille aus der Handtasche und beugte mich zum Schaufenster vor. Aus den Augenwinkeln sah ich, daß der Ukrainer sich umdrehte und in die Bar ging. Sicherheitshalber blieb ich noch einen Augenblick stehen und folgte ihm dann. Als ich in die Bar kam, schaute ich mich ein wenig kurzsichtig nach einem passenden Platz um. Merkwürdigerweise waren wir fast allein, der Ukrainer und ich. Er hatte sich an einen Fenstertisch gesetzt. An der Bar stand ein Mann, der Stammgast zu sein schien, er sprach mit einer blonden Bedienung um die Dreißig.

Ich setzte mich auf ein langes Sofa, das an der einen Wand stand; ich hatte den Ukrainer gut im Blick, er saß schräg gegenüber. Bis jetzt hatte ich so getan, als ob ich seine Gegenwart überhaupt nicht bemerkt hätte. Als ich mich setzte, schaute ich zur Bedienung und versuchte, ihre Aufmerksamkeit zu erregen, doch ganz gleich, ob sie es bemerkte oder nicht, sie sprach weiter mit dem netten Kunden am Tresen. Jetzt fing der Ukrainer an, sich für mich zu interessieren. Er starrte mich förmlich an, ohne sich zu schämen. Schließlich warf ich ihm einen etwas ärgerlichen Blick zu. Als unsere Augen sich für einen Moment trafen, sah ich, daß die seinen intensiv grün waren. Merkwürdigerweise waren sie ausdruckslos und auffordernd zugleich, als ob er ein inneres Aggregat aufgedreht hätte. Ich mußte mich anstrengen, den Blick abzuwenden. Glücklicherweise hatte die blonde Bedienung endlich beschlossen, sich von dem Gespräch mit dem Stammgast loszureißen. Mit einem gelangweilten Gesichtsausdruck kam sie zu meinem Tisch.

»Oui, Madame?«

»Ein Bier, bitte«, sagte ich.

Ich vermied es, den Ukrainer anzuschauen, doch ich spürte immer noch, daß er mich anstarrte. Ich überlegte, ob ich die Situation ausnützen und ein Gespräch mit ihm beginnen sollte, falls Antonio auftauchte. Wenn der Ukrainer sich beispielsweise an meinen Tisch setzen würde, mir gegenüber, würde er Antonio den Rücken zukehren, falls der hereinkäme. Oder wartete Antonio draußen? Aber warum sollte er? Warum kam er nicht in die Bar, wenn er mich gesehen hatte? Er hatte doch gesagt, daß es keine Rolle spiele, wo ich war, wenn ich ein kurzes Gespräch mit dem Ukrainer begann.

Plötzlich wurde ich sehr nervös und wußte nicht, was ich mit dem starrenden dunkelblonden Mann machen sollte. Wenn er nun doch merkte, daß ich nicht zufällig nach ihm diese Bar betreten hatte? In diesem Fall wäre mir die Situation schon entglitten, und die Dinge könnten sehr bald eine unerwartete und unangenehme Wendung nehmen.

Mit großer Anstrengung blickte ich deshalb wieder den Ukrainer an und versuchte, neutral freundlich dreinzuschauen, vor allem, um meine Angst zu vertreiben. Dieses Mal verzog er das Gesicht zu etwas, das wohl ein Lächeln sein sollte. Sein Mund verschob sich, seine Augen bekamen einen neuen Ausdruck, sie wurden dunkel und glitzerten bedeutungsvoll.

Ich lächelte auch ein wenig, und das hatte eine unmittelbare Wirkung: Der Mann nahm sein Glas, stand von seinem Tisch am Fenster auf und kam zu mir.

»Darf ich mich zu Ihnen setzen?« fragte er auf englisch mit starkem Akzent.

»Bitte schön«, sagte ich ohne allzu große Begeisterung.

»Mein Name ist Jurij Rudenko«, stellte er sich vor, als er sich setzte.

Er sagte es in einem Ton, als ob ich von seinem Namen beeindruckt sein müßte und fragte mich auch nicht nach meinem Namen. Ich brauchte mich also nicht vorzustellen.

»Darf ich Sie zu einem Getränk einladen?«

»Danke, aber ich habe schon ein Bier bestellt«, sagte ich.

Da kam die gleichgültige Bedienung mit meinem Bier und steckte die Quittung unter das feuchte Glas, ohne mich eines Blickes zu würdigen.

»Sie sind Ausländerin«, erklärte der Mann, der Jurij Rudenko hieß, munter, als ob er nicht selbst mindestens ebensoviel Ausländer war.

»Ja, ich bin Touristin, wenn Sie das meinen«, sagte ich. »Ich bin Kanadierin«, fügte ich mit einem angestrengten Lächeln hinzu.

»Ich kenne Ihr Gesicht irgendwoher«, meinte der Ukrainer nachdenklich.

»So? Ich bin sicher, daß wir uns noch nie gesehen haben.«

»Ich habe Sie schon mal irgendwo gesehen«, insistierte er. »Ich vergesse nie ein Gesicht. Wo habe ich Sie nur schon einmal gesehen?«

»Ich habe keine Ahnung«, sagte ich einfältig. »Ich kann mich nicht erinnern, Sie schon einmal gesehen zu haben.«

»In dem Restaurant«, sagte der Ukrainer dann.

Er schaute mir wieder in die Augen, hatte wieder diesen merkwürdigen, unangenehmen Blick. »Sie haben gestern abend in einem italienischen Restaurant gegessen, nicht wahr?«

»Ja, das stimmt«, sagte ich so ruhig wie möglich. »Ein wunderbares Lokal. Waren Sie auch dort?«

»Ja, ich war auch dort«, sagte er, befriedigt, daß er nun wußte, wo er mich gesehen hatte. »Ich war mit ein paar Freunden da. Und Sie waren dort mit einem älteren Gentleman, wenn ich mich recht erinnere.«

»Sie haben wirklich ein ausgezeichnetes Gedächtnis«, sagte ich.

»Ja, ich habe ein untrügliches Gedächtnis«, erwiderte er, und es klang fast wie eine Drohung.

Ich nickte und bemühte mich, beeindruckt dreinzuschauen.

»Das haben Sie wirklich«, sagte ich nachdrücklich.

Da kam mir plötzlich in den Sinn, daß dieser Rudenko vielleicht auch Theater spielte. Er war möglicherweise sehr listig, unendlich viel listiger als ich und Antonio zusammen, und versuchte jetzt, mich in eine Falle zu locken, indem er so tat, als sei er irgendwer, ein Tourist wie ich, nur an weiblicher Gesellschaft interessiert, während er in Wirklichkeit... Ich trank einen Schluck Bier und versuchte, meine Spekulationen zu verdrängen.

»Schrecklich warm hier drinnen«, sagte ich. »Bei dieser Hitze ist man immer durstig.«

»In diesem Land gibt es sehr gutes Bier«, entschied Rudenko expertenmäßig. »Hervorragendes Bier.«

Ich stimmte ihm dümmlich zu und trank noch einen Schluck. Rudenko angelte ein Päckchen Zigaretten aus der Hemdentasche. Er schnippte von unten gegen das Päckchen, so daß eine Zigarette herauskam. Er steckte sie in den Mund, holte dann aus derselben Tasche ein Feuerzeug. Ich schaute ihn die ganze Zeit aufmerksam an, aber er kam nicht auf die Idee, mir eine Zigarette anzubieten. Die Frage war, ob ich nicht ja gesagt hätte, obwohl ich vor einigen Jahren mit großer Mühe mit dem Rauchen aufgehört hatte. Dank Herrn Rudenkos unglaublicher Unhöflichkeit wurde ich keiner Versuchung ausgesetzt.

»Sind Sie... Russe?« fragte ich unschuldig durch die Rauchwolken, die er über den Tisch blies.

»Ich bin Ukrainer«, sagte er. »Nicht Russe.«

Wie er das sagte, klang es, als ob seine Nationalität eine Perle wäre, verglichen mit Schafkot.

»Oh, Ukrainer«, sagte ich.

Als ich das Wort aussprach, fiel mir ein, daß in der Ukraine damals vielerorts die einrückenden Nazis willkommen geheißen wurden und viele Ukrainer mit ihnen zusammengearbeitet hatten. Man konnte zwar verstehen, daß alles attraktiver zu sein schien als die Unterdrückung durch Stalin, aber dennoch. Dann dachte ich daran, daß auch ein anarchistischer Freiheitskämpfer wie Machno aus der Ukraine stammte, aber ich hatte ein dumpfes Gefühl, daß Herr Rudenko nicht viel übrig hatte für solche Personen, und auf jeden Fall lag Machno völlig außerhalb unserer idiotischen Konversation.

Ich guckte immer wieder auf die Straße, in der vergeblichen Hoffnung, daß Antonio auftauchen würde. In Wirklichkeit wurde ich immer verzweifelter. Er war an der Reihe, die Show zu übernehmen, und er war wie vom Erdboden verschluckt. War ihm etwas zugestoßen? Und was? Und worum ging es überhaupt? Ich bereute inzwischen, daß ich so leichtfertig zugestimmt hatte, bei seinem merkwürdigen Szenario mitzumachen, dessen Ende ich nicht kannte.

»Warten Sie auf jemanden?« fragte Rudenko, als ob er meine Gedanken gelesen hätte.

»Nein, nein«, sagte ich. »Überhaupt nicht.«

»Sie warten vielleicht auf den Mann, mit dem Sie gestern gegessen haben?« schlug Rudenko vor, ohne auf meine Antwort einzugehen.

Jetzt hatte ich wieder Angst, ausgelöst durch seinen durchdringenden Blick.

»Überhaupt nicht«, sagte ich und versuchte, gelassen und munter zu klingen. »Warum fragen Sie das?«

»Wenn Sie nämlich auf niemanden warten, würde ich gerne den Rest des Tages mit Ihnen verbringen.«

Was sollte das jetzt bedeuten? Hielt dieser widerwärtige Kerl mich vielleicht für eine Prostituierte? Sollte ich auf sein Angebot eingehen? Der Teufel soll dich holen, Antonio. Was sollte ich bloß sagen?

»Ich fürchte, ich verstehe nicht ganz, was Sie meinen«, sagte ich.

Der Ukrainer beugte sich zu mir vor: »Ich habe Geld. Ich werde Sie gut bezahlen.«

Merkwürdigerweise kam mir überhaupt nicht in den Sinn, Herrn Rudenko höflich mitzuteilen, daß er sich irrte, und dann aufzustehen und zu gehen. Mir blieb nur, mitzuspielen und zu improvisieren.

»Soso«, sagte ich. »Aber wir haben es wohl nicht so eilig? Wir können doch zuerst unser Bier austrinken?«

Er grinste breit und einfältig. Sein Blick war plötzlich nicht mehr durchdringend, er drückte unverstellte Begeisterung aus.

»Natürlich«, sagte er. »Aber dann kommen Sie mit mir.«

Das war keine Frage, es war eine Feststellung.

»Klar«, sagte ich und grinste ihn auch blöd an.

Inzwischen verstand ich, wie Rudenko die Sache sah: Gestern hatte ich mit einem sichtlich wohlhabenden Herrn zu Abend gegessen, heute saß ich allein in einem Café und wartete auf neue potentielle Kunden, warum also sollte er es nicht versuchen? Eilig legte ich mir einen Plan zurecht, wie ich Rudenko loswerden würde. Wir würden zu meinem Auto gehen, Rudenko würde warten, daß ich mich ans Steuer setzte und die Beifahrertür aufmachte, aber statt das zu tun, würde ich das Auto anlassen und davonrasen.

»Sie sind eine attraktive Frau«, sagte Rudenko.

»Danke«, sagte ich mit einem Schaudern.

»Wo möchten Sie hingehen?« fragte er sehr direkt.

»Ähm… ich wohne in einem sehr netten Hotel«, sagte ich, »gar nicht weit von hier. Die Sache ist nur die, daß ich heute morgen ein Auto gemietet und es etwas abenteuerlich hier im Zentrum geparkt habe. Ich muß es also zuerst holen.«

»Ich komme mit Ihnen«, sagte Rudenko bestimmt.

»Ja«, sagte ich, »wir holen es zusammen.«

Rudenko machte der Bedienung ein Zeichen und bezahlte die Rechnung. Dann schaute er mich auffordernd an und stand auf.

»Gehen wir«, befahl er.

Als wir auf der Straße waren, hängte ich meine Tasche über die linke Schulter, auf Rudenkos Seite, um mich so gegen jeglichen körperlichen Kontakt zu schützen. Wir gingen ziemlich schnell, ohne viel zu sagen. Inzwischen sah ich vor mir, wie es am Auto ablaufen würde: Rudenko würde auf dem Bürgersteig stehenbleiben, an der Beifahrertür, ich würde zur anderen Tür gehen, aufschließen und mich hinters Steuer setzen. Dann würde ich, anstatt dem wartenden Rudenko die Tür von innen zu öffnen, nur den Zündschlüssel umdrehen und davonfahren. Er würde keine Chance haben.

Obwohl ich das Auto gegen alle Regeln geparkt hatte, war es nicht abgeschleppt worden, es hatte nicht einmal einen Strafzettel.

»Sehen Sie«, sagte ich mit einem entschuldigenden Lächeln und zeigte auf das Auto, »es steht hier wirklich nicht besonders gut.«

Rudenko nickte, aber ich war nicht sicher, daß er es verstanden hatte. Für ihn war es vielleicht ganz normal, halb auf dem Bürgersteig direkt vor einem Halteverbotsschild zu parken.

Wie ich erwartet hatte. blieb er auf dem Bürgersteig stehen, während ich um das Auto ging und in der Handtasche nach dem Autoschlüssel suchte. Der Ukrainer stand mit dem Rücken zu den Passanten und beobachtete aufmerksam mein Manöver.

Plötzlich tauchte Antonio aus dem Nichts auf, zwischen all den Menschen auf dem Bürgersteig. Er kam mit raschen Schritten, und als er an Rudenko vorbeiging, gab er ihm einen Schubs, absichtlich wie es schien, aber er blieb nicht stehen und entschuldigte sich, er lief einfach schnell weiter. Als Rudenko sich wütend umdrehte, um zu sehen, wer ihn gestoßen hatte, war es schon zu spät: Antonios dunkler Rücken war zwischen all den anderen Rücken verschwunden, ich sah, wie er an der Börse um die Ecke bog.

Dann passierte das Unerwartete. Rudenko war es offensichtlich leid, auf mein Suchen nach dem Schlüssel zu warten. Er beugte sich vor und machte selbst die Beifahrertür auf. Sie war nicht abgeschlossen. Ich hatte das mit keinem Gedanken kontrolliert, als ich so Hals über Kopf das Auto stehenließ, um Rudenko zu beschatten. Einen Augenblick stand ich fassungslos da: Ich konnte es nicht glauben. Mein Plan war zusammengestürzt, und ich war außerstande, auch nur einen Gedanken zu fassen. Verwirrt holte ich schließlich den Schlüssel heraus, schloß meine Tür auf wie in einem bösen Traum und setzte mich neben Rudenko hinters Steuer. Glücklicherweise schien er nicht zu merken, wie verwirrt ich war.

»Haben Sie zufällig gesehen, wer mich so angestoßen hat?« fragte er, immer noch verärgert über den Zwischenfall.

»Sie angestoßen hat?« fragte ich dümmlich und versuchte, mit zitternder Hand den Schlüssel ins Zündschloß zu stecken. »Hat Sie jemand angestoßen?«

Er schaute mich mißtrauisch an.

»Ach, so sind die Leute eben«, sagte ich. »Unhöfliche Menschen gibt es überall.«

Ich darf keine Panik bekommen, dachte ich. Es muß einen Ausweg geben. Ich könnte das Auto irgendwo parken und dann einfach aussteigen und davonlaufen. Laufen wie eine Verrückte. Ich war gut in Form, ich hatte die letzten Monate jeden Morgen gejoggt, hatte mich dazu gezwungen, um nicht in Depressionen zu versinken. Es würde keine schwierige Übung sein, einem übergewichtigen Typen wie Rudenko davonzulaufen, mit seinem schlaffen, untrainierten Körper, redete ich mir ein.

»Ich glaube, ich habe ein kleines Problem«, sagte Rudenko unerwartet. »Ich habe nicht sehr viel Geld bei mir.«

»Oh«, sagte ich nur und drehte endlich den Schlüssel um.

»Wir müssen also zuerst zu mir fahren und Geld holen. Es ist ein Stück außerhalb, aber es dauert höchstens zwanzig Minuten.«

Er ist doch wohl kaum ohne Geld in die Stadt gefahren, überlegte ich. Das klang wie ein idiotischer Vorwand. Aber wofür?

»Gerne«, sagte ich und nickte, während ich fieberhaft nachdachte. »Zeigen Sie mir den Weg, und dann fahren wir zu Ihnen.«

Rudenko lotste mich auf dem Weg, den ich schon kannte, in das deprimierende Villenviertel, und ich legte mir schnell einen neuen Plan zurecht.

Ich würde an der Einfahrt stehenbleiben und sagen, ich wolle warten, während er sein Geld holte, und sobald er außer Sichtweite wäre, würde ich davonfahren. Ganz einfach. Warum regte ich mich unnötig auf.

Ich beruhigte mich ein bißchen. Schließlich hatte Rudenko

mir keine Pistole in die Rippen gebohrt. Er war nur ärgerlich, daß jemand ihn angestoßen hatte, ohne sich zu entschuldigen. Und vielleicht hatte er nicht genug Geld mitgenommen, weil er nicht erwartet hatte, so leicht eine Frau zu finden, das war alles. Ich mußte so denken, um die Panik im Zaum zu halten.

»Ist es noch weit?« fragte ich locker.

»Nein, nicht sehr«, sagte der Ukrainer.

»An sich fahre ich gerne Auto«, redete ich weiter. »Ich liebe es, Auto zu fahren, ich mußte mir ein Auto mieten, obwohl es natürlich ein bißchen... ich meine, eigentlich kann ich es mir nicht richtig leisten.«

Er antwortete nicht. Wir schwiegen.

»Wohnen Sie in einem Hotel?« erdreistete ich mich zu fragen.

»Ich wohne bei guten Freunden«, sagte er und starrte irgendwie unglückverheißend vor sich hin.

»Es muß wunderbar für Sie sein, jetzt endlich frei reisen zu können«, sagte ich, »Tourist sein zu können wie alle anderen.«

»Ja, das ist sehr schön«, sagte Rudenko.

Dann drehte er sich zu mir und schaute mich an, ich lächelte ihn unschuldig an. Das Grüne in seinen Augen flackerte bedrohlich.

»Ich weiß nicht, wie Sie heißen«, sagte er plötzlich.

»Oh, ich heiße Laura«, sagte ich prompt. »Laura Forbes.«

Als ich es gesagt hatte, dachte ich, das klingt wie der Name einer neurotischen Hollywood-Diva aus den vierziger Jahren.

»Laura«, wiederholte Rudenko. »Das ist ein schöner Name. Jetzt sind wir gleich da, Laura. Da vorne nach links.«

Wir bogen in die kühle, schattige Straße ein, und als wir uns dem Haus, in dem er wohnte, näherten, sagte er, ich solle langsamer fahren. Das hohe, massive Tor sah sehr verschlossen aus, und ich wollte ja draußen parken.

»Lassen Sie den Motor laufen«, sagte Rudenko in diesem befehlenden Tonfall, der mir allmählich gründlich mißfiel.

»Wir fahren in den Hof. Hupen Sie, dann macht der Wachmann das Tor auf.«

»Hupen?« sagte ich blöde.

»Hupen«, wiederholte Rudenko. »Hoot.«

Wieder gab es einen Kurzschluß in meinem Gehirn. Ein weiterer Plan war dahin, das war zuviel. Das einzige, was ich denken konnte, war, daß Rudenkos englischer Wortschatz mich beeindruckte: Ich glaube nicht, daß mir eingefallen wäre, was hupen auf englisch heißt. Hoot. Ich hupte also. Hilflos, roboterhaft, das Tor glitt auf. Ein normal gekleideter Mann tauchte auf, schaute mich etwas fragend an, aber als er merkte, daß Rudenko neben mir saß, lächelte er und machte das Tor weit auf.

»Fahren Sie einfach hinein«, sagte Rudenko, »geben Sie dem Wachmann den Schlüssel, er wird sich ums Parken kümmern.«

Wir rollten knirschend einen Kiesweg hinauf, und ich blieb stehen. Der Wachmann stand plötzlich neben mir und machte die Tür auf. Ich stieg aus, und es war, als wäre ich direkt in einem Film gelandet, der in Zeitlupe ablief. Der Ukrainer stieg auf seiner Seite aus, ich machte ein paar Schritte zurück, um dem Wachmann Platz zu machen. Ich hatte immer noch keinen klaren Gedanken im Kopf. Entgeistert schaute ich zu der düsteren Fassade hoch und wurde von Panik ergriffen. Alle Fenster waren verschlossen, trotz der Hitze, aber Leute, die in solchen Häusern wohnen, haben natürlich Klimaanlagen, dachte ich, oder vielleicht sind die dunklen Backsteinwände dick genug, um das Haus kalt wie eine Grabkammer zu halten, sogar an einem so heißen Sommertag.

Der Wachmann löste die Handbremse und wollte gerade den ersten Gang einlegen, da sah ich, wie der dunkelblonde Mann in Jeans und kariertem Hemd auf der anderen Seite des Autos ganz langsam zu Boden sank, er griff sich keuchend an den Hals, ganz langsam.

Als das Auto wegfuhr, lag der Mann, der Jurij Rudenko hieß, zusammengekauert auf dem Kiesweg, die Stirn auf dem Boden, die Arme vor sich ausgestreckt, und bewegte sich nicht.

Ich registrierte die Szene, verstand jedoch überhaupt nicht, was ich darin zu suchen hatte.

5

Der Wachmann hatte nicht gemerkt, daß Rudenko zusammenbrach, weil er damit beschäftigt war, mein Auto auf den Parkplatz auf der rechten Seite des Hauses zu fahren. Da standen noch zwei Wagen, der schwarze, mit dem Rudenko in die Stadt gefahren worden war, und ein kleineres dunkelgraues Auto, ein Citroën, glaube ich. Er parkte meinen kleinen Toyota daneben, stieg aus und steckte den Schlüssel in die Hosentasche.

Dann drehte er sich um und sah plötzlich den Körper, der auf dem Boden lag. Ich konnte mich weder rühren noch schreien oder auch nur einen vernünftigen Gedanken denken, aber schließlich war nichts mehr vernünftig, seit ich Antonio getroffen hatte.

Der Wachmann blieb stehen.

»Mademoiselle!« schrie er. »Mademoiselle! Was ist denn geschehen?«

Ich stand immer noch wie gelähmt da, und mir fiel absolut keine vernünftige Antwort ein.

Der Blick des Wachmanns glitt wieder auf Rudenkos Körper, und dann lief er zu ihm. Er warf sich auf Rudenko, packte ihn bei den Schultern, schüttelte ihn und rief etwas Unverständliches. Als das Rudenko nicht wiederbelebte, rollte er ihn auf den Rücken, schlug ihm auf die Wangen und rief immer wieder seinen Namen.

Aber Rudenkos grüne Augen starrten nur gerade in den Himmel, sein schwerer Körper lag bewegungslos da.

Der Wachmann kam wieder auf die Beine und brüllte mich an:

»Aber was um Himmels willen ist denn passiert, Mademoiselle? Sagen Sie mir doch, was passiert ist!«

Er schrie auf französisch, Fragmente von Schulfranzösisch führten in meinem Kopf einen absurden Tanz auf. »Monsieur et Madame Moreau sont partis pour Paris ce matin... Leur fils ainé va passer son baccalauréat cette année... Je ne sais pas si elle soit là...«

»Ich weiß nicht«, brachte ich stotternd heraus. »Er... er fiel einfach hin... ich verstehe überhaupt nichts...«

Völlig außer sich lief der Wachmann in ein kleines Häuschen neben dem Eingang, es war eher eine Art Bunker, er riß die Tür auf und machte sie auch nicht wieder zu. Dann hörte ich einen Schwall aufgeregter Worte, verstand aber den Zusammenhang nicht. Er sprach offensichtlich in eine Art Haustelefon. Ich konnte mich immer noch nicht rühren, stand immer noch am selben Fleck, als der Wachmann wieder herauskam und sich neben dem Körper des Ukrainers auf den Boden kniete. Er schüttelte ihn wieder an den Schultern, als ob er die Hoffnung noch nicht aufgegeben hätte, ihn wiederbeleben zu können.

»Aber das ist doch nicht möglich«, stöhnte er. »Du lieber Gott, das kann doch nicht möglich sein!«

Bittend schaute er zu mir hoch, als ob ich Wunder geschehen lassen könnte.

In diesem Moment kamen zwei Männer aus dem großen, düsteren Hauptgebäude. Der eine beugte sich über Rudenkos toten Körper, der andere kam zu mir.

»Wer sind Sie?« fragte er. »Was machen Sie hier? Was geht hier vor?«

»Ich... habe bloß...«, begann ich stammelnd, aber dann wurde ich plötzlich klar im Kopf.

Vielleicht war es die Art und Weise, wie der Mann mich angesprochen hatte, die mir den notwendigen Adrenalinstoß gab. In völlig verständlichem Französisch faßte ich die Situation trocken zusammen:

»Ich habe Herrn Rudenko in der Stadt getroffen, und er wollte mich zum Essen einladen, aber er mußte zuerst hierherfahren, um Geld zu holen«, sagte ich.

»Monsieur Rudenko hat Sie gebeten, hierherzufahren?« fragte der Mann scharf und mißtrauisch.

»Ja. Und dann fiel er einfach hin, als wir aus dem Auto ausstiegen. Ich konnte überhaupt nichts machen.«

Der Mann schaute mich ungläubig an. Er war ziemlich groß, schmal, von aristokratischem Aussehen. Er war zwischen vierzig und fünfzig. Seine dunklen Haare wurden an den Schläfen grau. Er hatte eine scharf geschnittene, vorstehende Nase.

»Wie haben Sie Monsieur Rudenko kennengelernt?« fragte er.

»In einem Café«, sagte ich wahrheitsgemäß. »Er fragte, ob er sich an meinen Tisch setzen dürfe. Und dann hat er mich zum Essen eingeladen.«

Der Aristokrat schaute mich an, ohne etwas zu sagen.

Von weitem hörte ich, wie Sirenen sich schnell näherten. Der Mann, der sich über Rudenko gebeugt hatte, stand auf, der Aristokrat gab mir einen kurzen Befehl.

»Sie bleiben, wo Sie sind, Madame. Ich bin gleich wieder da.«

»Okay«, sagte ich mit gespielter Ruhe, aber ich spürte einen neuen Adrenalinstoß.

Jetzt war der Notarztwagen mit laufenden Sirenen vor dem Haus, und der Wachmann und die beiden anderen Männer liefen zur Einfahrt, um ihn einzulassen. Hatte ich eine Chance, in dem nun folgenden Durcheinander zu fliehen? Das schwere Tor stand immer noch offen, zwei Krankenpfleger hoben Rudenkos Körper auf eine Bahre. Sie hatten es sehr eilig und würden in wenigen Augenblicken wieder weg sein, der magere Aristokrat schaute immer wieder in meine Richtung, ich stand in der gleißenden Sonne auf dem Kiesweg, etwa zwanzig Meter entfernt. Doch ich hatte das Gefühl, eine Tonne zu wiegen, eine alptraumartige Lähmung erfaßte mich. Auch wenn ich wider Erwarten an ihnen vorbeikäme, ehe sie das Tor zumachten, würden sie mich einholen, und niemand würde mich hören, wenn ich auf dieser gespenstisch leeren Straße um Hilfe riefe. Die Bahre verschwand im Rettungswagen, und das Auto war kaum weggefahren, da hatte der Wachmann schon das Tor geschlossen. Die Sirene wurde wieder angeschaltet, und ich fuhr vor Schreck zusammen. Warum machten sie die Sirene an? dachte ich verwirrt. Die Sanitäter mußten doch gesehen haben, daß der Mann mausetot war. Vielleicht wollten sie es mit Herzmassage versuchen, aber ich war überzeugt, daß das sinnlos war: Rudenko würde nie wieder jemand mit seinen grünen Augen anblicken. Als der Wachmann das Tor geschlossen hatte, schien er von den beiden Männern, die aus dem Haus gekommen waren, weitere Instruktionen zu bekommen. Ich starrte das Trio an, und alle drei richteten ihre Blicke auf mich. Der Aristokrat sagte etwas zu den beiden anderen und kam dann kopfschüttelnd auf mich zu:

»Dieser... höchst bedauerliche Zwischenfall tut mir außerordentlich leid«, sagte er und versuchte ein wenig höflicher zu klingen. »Haben Sie etwas dagegen, mit uns ins Haus zu kommen, damit wir die Situation klären können?«

Etwas in seinem Tonfall signalisierte mir Gefahr.

»Warum das? Soweit ich sehe, gibt es nichts zu klären. Ich kann nur bedauern, was mit Monsieur Rudenko geschehen ist.«

»Ich würde gern einige Details über Ihr Zusammentreffen mit Monsieur Rudenko erfahren«, meinte der Aristokrat.

»Aber da gibt es nichts mehr zu erzählen«, sagte ich. »Ich habe ihn zufällig getroffen, ich bin zufällig hier.«

»Haben Sie zum Beispiel einen Ausweis, den Sie mir zeigen könnten?« fragte der Aristokrat. »Ihren Paß, beispielsweise?«

Ich wollte ihn anfahren, daß er kein Polizist sei, ich in keiner Weise verpflichtet sei, ihm zu sagen, wer ich war, aber ich hatte das Gefühl, es wäre besser, wenn ich ruhig bliebe. Ich wühlte also in meiner Handtasche und holte meinen Führerschein hervor.

»Den Paß habe ich im Hotel gelassen«, sagte ich und reichte ihm die rosa Plastikkarte.

Er streckte eine magere Hand aus und faßte die Karte mit den Fingerspitzen an, als ob sie schmutzig wäre,

»Ich wohne im Hotel Bedford«, fügte ich hinzu und bereute sofort, daß ich so übertrieben kooperativ war. Das würde sein Mißtrauen vielleicht nur verstärken.

Während er die Karte studierte, wurde mir klar, wie wichtig jedes einzelne Wort von mir war. Alles mußte wie selbstverständlich kommen und zu meiner Geschichte passen. Ich war ganz offensichtlich in eine gespenstische Sache geraten, ich befand mich auf vermintem Grund.

»Amanda Hall«, sagte der Aristokrat nachdenklich und hob den Blick, als ob er die Ähnlichkeit mit dem Bild auf dem Führerschein vergleichen wollte. »Entschuldigen Sie, aber welche Staatsangehörigkeit haben Sie? Diese Sprache ist mir leider nicht bekannt.«

»Ich bin Schwedin«, gab ich widerwillig zurück.

»Aha«, meinte der Aristokrat und bekam dieses widerliche Glitzern in die Augen. Das war der Hauptgrund, warum ich meistens meine Herkunft verschwieg, wenn ich im Ausland war.

»Madame Hall, ich bin sicher, Sie wollen keine Scherereien mit der Polizei hier in Belgien bekommen«, sagte er und gab mir den Führerschein zurück.

»Warum sollte ich Scherereien mit der Polizei bekommen? Ich habe, soweit ich weiß, nichts Ungesetzliches getan.«

»Falsch«, sagte der Aristokrat mit einem schiefen Lächeln. »Ich weiß nicht, wie das in Schweden ist, aber in unserem Land ist Ihre Geschäftstätigkeit strafbar.«

»Geschäftstätigkeit?« sagte ich erstaunt.

»Glauben Sie bloß nicht, daß Sie mich hinters Licht führen können«, antwortete der Aristokrat.

»Es tut mir leid, aber ich weiß nicht, wovon Sie reden.«

»Madame Hall, Sie lassen sich von einem wildfremden Mann zum Essen einladen. Er muß zuerst nach Hause fahren, um Geld zu holen. Das Ganze ist doch ziemlich offensichtlich. Was ich Ihnen sagen will, ist, daß Sie Probleme mit der belgischen Polizei bekommen können.«

Ganz allmählich ging mir auf, daß auch er mich für eine Art Prostituierte hielt, und mein erster Impuls war, ihm in sein scharfes, umsympathisches Gesicht zu schlagen. Doch mir war klar, daß ich mich beherrschen und zusammennehmen mußte. Ich spürte, daß der Aristokrat und seine Freunde keine gewöhnlichen Bourgeois waren.

»Ich glaube, es ist das Klügste, wenn Sie einen Moment mit mir ins Haus kommen und ein paar Fragen beantworten. Dann können Sie wieder wegfahren und werden keine Probleme während Ihres Aufenthalts in Belgien haben.«

Ich schaute ihn an, ohne zu antworten. Ich schien keine Wahl zu haben.

»Aber selbstverständlich«, sagte ich mit gespielter Ruhe und zuckte mit den Schultern.

Da kam der andere Mann aus dem großen Gebäude auf uns zu. Es war ein älterer Mann mit einem unnatürlich roten, aufgequollenen Gesicht. Er schien an zu hohem Blutdruck zu leiden. Vielleicht würde er als nächstes neben mir zusammenbrechen, dachte ich wütend, denn jetzt war meine Angst ein wenig geschrumpft, und ich war hauptsächlich zornig und sauer und hatte genug von dieser saudummen Geschichte.

»Das ist Madame Amanda Hall«, sagte der Aristokrat zum Rotgesicht, der mich, ohne ein Wort zu sagen, ausdruckslos anschaute.

Auf ein Zeichen von ihm gingen wir alle drei auf das große Backsteingebäude zu, ich zwischen den beiden Männern. Wir gingen eine kurze, breite Steintreppe hoch und kamen in eine große Halle. Das Rotgesicht nickte mir zu und nahm den Aristokraten beiseite. Das Nicken bedeutete offenbar, daß ich stehenbleiben und warten sollte, während das Rotgesicht dem Aristokraten ein paar geflüsterte Anweisungen gab. Ich sah, daß der Aristokrat hin und wieder nickte, diskret und zustimmend. Dann ging der Boß – der er anscheinend war – zu einem Aufzug in der einen Ecke der Halle, machte die Tür auf und verschwand.

»Jetzt wollen wir uns ein wenig unterhalten«, sagte der Aristokrat zu mir.

Sich unterhalten. Die verräterischen Worte signalisierten mir, daß ich mich wohl auf einen längeren Aufenthalt einzurichten hätte.

Der Aristokrat und ich gingen zusammen in ein bibliotheksähnliches Zimmer im Erdgeschoß. Er bat mich, auf einem schwarzen Ledersofa Platz zu nehmen und setzte sich mir gegenüber auf einen Sessel.

»Sie behaupten also, Monsieur Rudenko rein zufällig kennengelernt zu haben?« fragte er.

»Ja, genau. Das habe ich bereits gesagt. Ich hatte kein Rendezvous mit ihm in jener Bar. Ich war spazierengegangen und wollte ein Bier trinken, und Monsieur Rudenko war schon da. Er kam zu mir und fragte, ob er sich an meinen Tisch setzen dürfe.«

»Und Sie hatten Monsieur Rudenko noch nie gesehen?«

»Noch nie. Er war ein völlig fremder Mensch für mich. Und ich war für ihn ebenso fremd.«

»Ich verstehe«, sagte der Aristokrat, aber er schien immer noch nicht überzeugt zu sein. »Madame Hall, widmen Sie sich regelmäßig dieser Art von… von Beschäftigung?«

»Was hat das denn mit der Sache zu tun?« gab ich spitz zurück.

Ich mußte offenbar auch in seinem Szenario mitspielen, und demzufolge war ich unterwegs, um einen Mann mit Geld aufzureißen. Vermutlich war es am einfachsten, so zu tun, als ob er recht hätte. Es war ein gutes Alibi.

»Madame Hall, ich stelle hier die Fragen. Sie sind mit meinem Gast auf mein Grundstück gefahren, und er ist noch kaum ausgestiegen, da bricht er tot zusammen. Das ist eine sehr ernste Situation. Würden Sie jetzt bitte so freundlich sein und meine Frage beantworten.«

Er bemühte sich sehr, gesammelt und niederschmetternd seriös zu klingen.

»Nein, ich habe auch einen richtigen Beruf«, sagte ich. »Aber hin und wieder… ich meine, ich bin in einem ziemlich teuren Hotel abgestiegen, ich hatte also nichts gegen die Einladung von Monsieur Rudenko einzuwenden. Er schien ein netter Mann zu sein.«

Ich weiß nicht, woher ich die Worte hatte.

»Aha. Natürlich.«

Der Aristokrat konnte mir nicht widersprechen, und es sah tatsächlich so aus, als würden ihm keine weiteren Fragen mehr einfallen.

Da klopfte es leicht an der Tür, und ein Mann kam herein. Er blieb nach ein paar Schritten stehen und wartete auf ein Zeichen vom Aristokraten, der ihm mit einem Wink bedeutete, näher zu kommen. Der Mann beugte sich herab und flüsterte ihm etwas ins Ohr. Der Aristokrat nickte nachdenklich, dankte dem Mann und bat ihn, wieder zu gehen.

Ich lehnte mich im Sofa zurück. Irgend etwas war schiefgegangen, das spürte ich. Der Aristokrat schwieg eine Weile, drückte die Fingerspitzen gegeneinander und sah mich mit taxierendem Ausdruck an.

»Was für ein merkwürdiger Zufall«, sagte er. »Dieser Mann hat mir gerade berichtet, daß er Sie wiedererkennt.«

»Mich wiedererkennt?« wiederholte ich völlig perplex. »Ich habe ihn jedenfalls noch nie gesehen«, sagte ich völlig wahrheitsgemäß.

»Er sagt, er habe Sie gestern abend in einem italienischen Restaurant gesehen. Sie aßen zusammen mit einem Mann zu Abend. Ist das richtig?«

»Ja«, sagte ich. »Ich habe gestern abend mit einem Mann in einem italienischen Restaurant gegessen. Und wenn schon? Ist das etwa nicht erlaubt?«

Es muß einer der Untertanen gewesen sein, der in Rudenkos Begleitung war, dachte ich. Als sie das Restaurant verließen, kamen sie an unserem Tisch vorbei, aber ich schaute nicht hoch. Als ich heimlich Rudenko beobachtete, hatte ich mich nicht um die beiden anderen gekümmert. Außerdem habe ich ein ziemlich schlechtes Personengedächtnis.

»Mit wem haben Sie dort gegessen?« fragte der Aristokrat.

Ich war nahe daran, ihm zu sagen, daß es ihn nichts anginge, mit wem ich essen war, doch ich beherrschte mich.

»Ach, mit einem zufälligen Bekannten«, sagte ich. »Wie Monsieur Rudenko, wenn Sie so wollen. Aber er war netter als Monsieur Rudenko. Er lud mich zu einem vorzüglichen Essen ein und war danach so freundlich, nicht tot neben mir zusammenzubrechen.«

»Ich möchte Ihnen raten, nicht so arrogant zu sein«, sagte der Aristokrat.

»Es sollte ein Scherz sein«, erwiderte ich, und dann konnte ich mich nicht beherrschen und fügte hinzu: »Und jetzt habe ich allmählich genug von dieser lächerlichen Situation. Sie haben keine gesetzliche Handhabe, mich hier festzuhalten, ich brauche auch Ihre indiskreten Fragen nicht zu beantworten. Ich glaube fast, ich hätte es lieber mit einem richtigen Polizisten zu tun. Würden Sie also bitte die Polizei anrufen. Ich wäre Ihnen sehr dankbar.«

Ich sah den Aristokraten herausfordernd an und machte eine Bewegung, als ob ich aufstehen wollte. Aber plötzlich wurde mir klar, daß der Mann, der hereingekommen war und geflüstert hatte, daß er mich kenne, mich von irgendwo im Haus beobachtet haben mußte. War der Raum kameraüberwacht? Oder war der große Spiegel an der Wand hinter der Bar ein Spiegel, durch den man von der anderen Seite durchschauen konnte?

»Madame Hall«, sagte der Aristokrat und bemühte sich, die Beherrschung nicht zu verlieren. »Ich habe überhaupt nicht die Absicht, Sie zu zwingen, hierzubleiben, aber ich würde Ihre Kooperationsbereitschaft begrüßen. Sie verstehen vielleicht, daß dieser schreckliche Vorgang mich zutiefst erschüttert und daß mir viel daran liegt, die Hintergründe zu erfahren.«

»Natürlich verstehe ich das. Aber ich verstehe nicht, warum Sie nicht die Polizei rufen. Es ist nicht Ihre Aufgabe, mich zu verhören.«

»Ich würde meinen, Sie sollten es vorziehen, daß ich ein paar Fragen stelle und nicht die Polizei«, sagte er sanft. »Wie ich schon gesagt habe, die Situation könnte für Sie... sehr kompliziert werden, sowohl was Ihre Freizeitbeschäftigung betrifft als auch die Tatsache, daß Sie ja allein mit Monsieur Rudenko waren, als er starb.«

»Machen Sie sich um mich keine Sorgen«, sagte ich. »Ich habe nichts zu verbergen, und ich glaube auch nicht, daß ich ins Gefängnis komme, nur weil ich das Angebot Ihres Gastes angenommen und ihn hierhergefahren habe, auf eigenen Wunsch, wohlgemerkt.«

»Also, Monsieur Rudenko, der ein sehr guter und enger Freund von mir war, erfreute sich allerbester Gesundheit. Er hatte keinerlei gesundheitliche Probleme, keine Probleme mit dem Herzen. Dann kommt er mit Ihnen zusammen in einem Auto hier an und fällt tot zu Boden. Sie werden zugeben, daß das ziemlich merkwürdig ist.«

»Woher wissen Sie so genau über den Gesundheitszustand von Monsieur Rudenko Bescheid?« fragte ich. »Oder sind Sie etwa sein Arzt? Er kann Herzprobleme gehabt haben, von denen Sie nichts wußten. Oder einen Schlaganfall, das kann allen und überall passieren.«

»Das halte ich für ziemlich unwahrscheinlich«, sagte der Aristokrat. »Nein, in Wahrheit habe ich das grausige Gefühl, daß Monsieur Rudenko ermordet worden ist.«

»Ermordet?« rief ich mit spontanem Erstaunen. »Aber wie denn das? Ihr Wachmann hat doch alles beobachtet und gesehen, daß ich... daß ich nicht...«

»Ich meine nicht, daß Sie ihn umgebracht haben«, beruhigte mich der Aristokrat. »Ich bitte Sie nur, mir bei der Rekonstruktion der Ereignisse zu helfen, die sich während Ihres Zusammenseins mit meinem guten Freund abgespielt haben. Ich möchte ein so ausführliches Bild wie möglich bekommen, wie dieses... erschütternde Ereignis angefangen hat. Das ist alles. Madame Hall, möchten Sie einen Drink, während wir uns weiter unterhalten?«

Oh, ich habe einen so hoffnungslosen Charakter! Ich sagte ja. Warum sollte ich nicht einen Drink nehmen, wenn er es mir schon anbot und es so aussah, als ob ich noch eine ganze

Weile auf diesem Sofa würde zubringen müssen. Ich nahm einen Campari Soda und der Aristokrat ein Glas Portwein. Ich trank sofort einen großen Schluck und stellte dann das Glas auf den massiven Eichentisch, der aussah, als würde er in das Wartezimmer eines morbiden Irrenarztes gehören.

»Also, Madame Hall. Würden Sie mir bitte erzählen, mit wem Sie gestern abend in diesem italienischen Restaurant gegessen haben?« fragte der Aristokrat, der sein Glas nicht angerührt hatte.

»Aber ich habe doch schon gesagt, daß ich diese Person zufällig getroffen habe und zum Essen eingeladen wurde. Ich habe ihn tatsächlich auf die gleiche Weise kennengelernt wie Monsieur Rudenko: in einem Café.«

Der Aristokrat hörte sehr interessiert zu, und ich mußte dann noch erzählen, wie ich Antonio in dem kleinen Straßencafé kennengelernt hatte. Natürlich sagte ich nichts davon, daß Antonio mir ein Hotelzimmer im Bedford bezahlte und daß er selbst da wohnte. Ich erfand sogar einen ganz anderen Namen für ihn. Vincenzo. Vincenzo irgendwas. Ich sagte, sein Nachname fiele mir nicht mehr ein.

Der Aristokrat hörte aufmerksam zu.

»Und nach dem Essen?« fragte er.

»Wir gingen in mein Hotel«, sagte ich. »Er kam mit mir auf mein Zimmer und verließ es ein paar Stunden später wieder. Kurz nach Mitternacht, wenn ich mich recht erinnere.«

»Werden Sie ihn wiedersehen?«

»Nein, er wollte heute wieder nach Italien zurückfahren«, improvisierte ich. »Am Vormittag. Ich werde ihn höchstwahrscheinlich nie wiedersehen.«

Der Aristokrat nickte langsam und nachdenklich.

»Hat er Ihnen nicht seine Adresse in seinem Heimatland gegeben?«

»Nein, ich habe ihm allerdings meine gegeben«, log ich, um dem Szenario einen menschlichen Touch zu geben.

»Und wissen Sie, in welchem Hotel er wohnte?«

»Nein, keine Ahnung. Er hatte ja auch keinen Grund, mir das zu erzählen, weil er ja abreisen wollte.«

»Natürlich«, sagte der Aristokrat, und jetzt hatte er wieder diesen Tonfall, der mir zeigte, daß er nicht ganz überzeugt war, daß ich die Wahrheit sagte.

Er zündete sich erneut eine Zigarette an, langsam und umständlich.

»Ich weiß nicht richtig, wieso«, meinte er, als er einen Zug genommen hatte und den Rauch durch die Nase ausstieß, »aber ich habe das Gefühl, daß Sie etwas verheimlichen, Madame Hall.«

Ich setzte meine treuherzigste Miene auf, sie hat mir schon oft im Leben geholfen.

»Verheimlichen? Was sollte ich Ihnen verheimlichen?«

»Das wissen Sie selbst am besten«, erwiderte der Aristokrat.

»Ich habe Ihnen alles erzählt. Ich kann Ihnen sonst nichts mehr berichten. Und jetzt möchte ich gehen.« Ich nahm meine Handtasche, die neben mir auf dem Sofa lag.

Ausgerechnet da klingelte das Telefon auf dem Schreibtisch hinter der Sitzgruppe, und der Aristokrat stand auf, um abzunehmen. Er sagte nicht viel, er hörte hauptsächlich zu, nickte, genau wie vorhin, als dieser Untertan ihm zugeflüstert hatte, daß er mich erkannt habe, und wieder hatte ich das Gefühl, daß mein Abschied vom Aristokraten und seinem beklemmenden Wohnsitz ein weiteres Mal verschoben würde.

Als der Aristokrat aufgelegt hatte, kam er langsam zu seinem Sessel und setzte sich mit einem verblüfften Gesichtsausdruck. Was führte er dieses Mal im Schilde? Würde er mir eröffnen, daß sie Antonios Hotelzimmer abgehört hatten und also unsere Pläne von gestern abend kannten?

»Ich habe soeben etwas sehr Eigentümliches erfahren«, sagte er, als er seine Kunstpause nicht mehr in die Länge ziehen konnte.

Ich nahm noch einen Schluck Campari und schaute ihn dann abwartend an, ohne etwas zu sagen. Auch wenn er der Meinung war, daß ich wissen müßte, was so verdammt eigentümlich war, er würde es mir dennoch erzählen. Ich wollte weder neugierig noch unruhig erscheinen. Ich verzog den Mund, als ob es mir ganz egal wäre, was er ausbrütete.

»Ich habe gerade erfahren«, sagte er, »daß Monsieur Rudenko nicht an einem Herzanfall gestorben ist und auch nicht an einem plötzlichen Schlaganfall. Aufgrund des vorläufigen Obduktionsberichts ist keine der Todesursachen, die man in so einem Fall vermuten könnte, für den Tod verantwortlich. Das Ganze ist ein Mysterium.«

Ich wartete ab, ohne etwas zu sagen. Ich fand auch, daß es merkwürdig war, aber was konnte ich dafür? Rudenko war vor meinen Augen zusammengebrochen, ich hatte überhaupt nichts verstanden, und ich verstand immer noch nichts.

»Was soll ich dazu sagen? Ich verstehe nichts von Rechtsmedizin«, sagte ich. »Wenn sogar die Ärzte nicht wissen...«

In diesem Moment blitzte ein kleiner, scharfer Verdacht in mir auf, und im nächsten Moment war er zu einer schrecklichen Gewißheit geworden: Antonio hatte Rudenko umgebracht. Als er ihm einen Stoß gab, als Rudenko da auf dem Bürgersteig stand, während ich den Autoschlüssel suchte, da mußte Antonio etwas mit ihm gemacht haben. Er mußte ihn gestochen haben, ihm eine Giftspritze in sein bleiches, weiches Fleisch gestoßen haben, schnell und geschickt, mit irgendeinem pfiffigen Instrument. Es mußte ein Gift gewesen sein, das nicht sofort wirkte, sondern eine halbe Stunde später wie ein Karateschlag zuschlug. Ich traute Antonio ohne weiteres zu, so ein Gift zu kennen, schließlich arbeitete er in der Pharmaindustrie, er hatte ja erzählt, daß er oft nach Afrika reiste und Medizinaldrogen einkaufte. Das war so erschütternd logisch, das war die einzig vernünftige Erklärung für Rudenkos plötzlichen rätselhaften Tod.

Mir stieg plötzlich alles Blut zu Kopf, es rauschte in den Ohren. Ich sah, wie die Lippen des Aristokraten sich bewegten, hörte aber nicht, was er sagte. Ich darf nicht ohnmächtig werden, dachte ich, ich war in meinem Leben noch nie ohnmächtig gewesen. Aber so mußte es sich anfühlen, wenn man kurz davor war, das Bewußtsein zu verlieren, alles verschwamm, Geräusche verschwanden. Ich beugte mich zur

Seite über meine Tasche und tat so, als würde ich etwas suchen. Dann war plötzlich die Stimme des Aristokraten wieder da:

»Geht es Ihnen nicht gut, Madame Hall?«

Ich richtete mich auf und lächelte angestrengt:

»Ich… ich habe den ganzen Tag noch nichts gegessen«, sagte ich und fragte mich wieder, woher die Worte kamen. »Und außerdem ist es sehr heiß, und ich vertrage keine Hitze. Und dann habe ich zugeschaut, wie vor meinen Augen ein Mensch gestorben ist… Sie müssen entschuldigen, aber das ist ein bißchen zuviel.«

Der Aristokrat versuchte, ein wenig sympathischer dreinzuschauen. Vielleicht wurde sein Mißtrauen durch meinen erbärmlichen Zustand etwas beruhigt, was eigentlich nur von Vorteil für mich sein konnte. Mein Zustand war authentisch und nachvollziehbar für jemanden in meiner Situation.

»Möchten Sie, daß ich etwas zu essen für Sie bestelle?« fragte er. »Ein Omelett, ein belegtes Brot?«

»Ja, bitte ein belegtes Brot«, sagte ich. »Ein Brot mit Käse und eine Tasse Kaffee.«

Während wir auf das Essen warteten, das der Aristokrat telefonisch für mich bestellt hatte, saßen wir uns wie versteinert gegenüber und sagten nichts. Ich überlegte, wie lange ich wohl noch warten müsse, bis ich wieder frei wäre. War das mit dem Brot und dem Kaffee nur eine Pause im Verhör, oder sollte es eine Art bemäntelnde Höflichkeit sein, bevor ich gehen durfte?

Als das Tablett gebracht worden war, stand der Aristokrat auf, ging zu einem der hohen Fenster, drehte mir den Rücken zu und schaute hinaus. Ich begann zu essen. Nach einer Weile drehte er sich um und sagte:

»Monsieur Rudenko war ein besonderer Mensch, ein bewundernswürdiger Mann. Er war nicht nur ein hervorragender Fotograf, auch seine Kenntnisse über die Gesellschaft waren beeindruckend.«

»Wirklich?« sagte ich und wünschte mir, er würde nicht über Rudenko sprechen, während ich das wirklich hervorragende Käsebrot aß und meinen Kaffee trank. Rudenko hatte ganz offenbar zu der Sorte von Männern gehört, die ihre faszinierenden Fähigkeiten nur in Gesellschaft von anderen Männern entfalten können.

»Sein Tod ist ein großer Verlust für sein Land«, stellte der Aristokrat fest. »Gerade jetzt, in dieser prekären Situation braucht sein Land Männer seines Kalibers.«

Ich nickte neutral und schluckte den letzten Bissen des Käsebrotes. Bedeutete diese kleine Gedenkrede, daß ich bald freigelassen würde? Oder daß eine neue Sitzungsrunde bevorstand?

»Nun«, sagte der Aristokrat, als ich meine kleine Mahlzeit beendet hatte, »fühlen Sie sich jetzt besser?«

»Ja, danke«, sagte ich und versuchte, nicht erwartungsvoll zu wirken.

»Also dann, Madame Hall, möchten Sie mir jetzt bitte erzählen, warum Sie nach Brüssel gekommen sind?«

Das Verhör ging also weiter. Aber es ging mir jetzt besser, ich konnte mich auf die Geschichte mit Susanna berufen. Die Wahrheit kam mir zupaß. Ich konnte dem Aristokraten Susannas Namen, Adresse und Telefonnummer geben und ihm sagen, daß ich vorhätte, Brüssel noch am Abend zu verlassen, wenn sie immer noch nicht zu erreichen sein würde. Ich war ja schließlich unterwegs nach Paris.

Der Aristokrat stand plötzlich auf.

»Ich werde Sie einen Moment allein lassen«, sagte er. »Wenn Sie möchten, bringe ich Ihnen noch einen Drink. Aber machen Sie keine Dummheiten, zum Beispiel abzuhauen, es wäre völlig sinnlos. Und darf ich bitte noch einmal Ihren Führerschein haben?«

Ich holte ihn aus der Tasche, ohne Aufregung. Er konnte kontrollieren, soviel er wollte. Alles war in Ordnung. Meine Geschichte war wasserdicht. Bald würden sie mich gehen lassen, versuchte ich mir einzureden.

6

Als er das Zimmer verlassen hatte, ging ich zu einem der hohen Fenster und schaute hinaus. Da ich mich im Erdgeschoß befand, wäre es ein leichtes gewesen, hinauszuspringen, aber vermutlich war alles gespickt mit Alarmanlagen, elektronischer Bewachung und ähnlichen Finessen, ich spielte also nicht einmal mit dem Gedanken, es zu versuchen. Wahrscheinlich beobachtete mich jemand, wie ich da stand, entweder auf einem Bildschirm oder hinter diesem beunruhigenden Spiegel. Ich hatte das dumpfe Gefühl, daß sie mich so schnell nicht gehen lassen würden, daß irgend etwas auftauchen könnte und ich so einfach nicht aus dieser Backsteinfalle herauskommen würde. Was war das bloß für ein Ort? Ein Wohnhaus? Wer war der Aristokrat, wer der Mann mit dem roten Gesicht, wer waren die Menschen, die hier wohnten? Und wer war eigentlich Jurij Rudenko gewesen? Und wer war Antonio? Und was machten sie bloß, alle miteinander?

Ich ging ein wenig durchs Zimmer, planlos, bis mein Blick auf ein gerahmtes Foto fiel, das auf dem Schreibtisch stand, und ich mich Auge in Auge mit einem älteren Mann befand, der ausgesprochen selbstsicher aussah. Er strahlte ein Selbstvertrauen aus, das ihn wie die graue Eminenz der ganzen Welt aussehen ließ. Auf der linken Wange hatte er eine große Narbe. Er rauchte lässig eine Zigarette, mit so einem überlegenen Gesichtsausdruck, der andeutete, daß er alle Fäden in der Hand hatte. Es war ein imponierendes und beängstigendes Gesicht. Ich schaute es lange an und überlegte, wer es wohl sein mochte. Der Vater des Aristokraten? Aber es gab nicht die geringste Ähnlichkeit zwischen dem kräftigen Mann auf dem Foto und dem Aristokraten. Außerdem konnte das Foto schon alt sein. Vielleicht war dieser Mann schon lange tot? Doch der kecke Blick seiner Augen sagte mir irgendwie, daß er noch lebte.

Schließlich ging ich zum Sofa zurück und wartete wieder.

Drüben an der Bar glänzten die Flaschen sehr verlockend, und ich begann ernsthaft darüber nachzudenken, ob ich mir nicht ein Gläschen holen sollte, als der Aristokrat zurückkam. Er ging schnell zu seinem Sessel, setzte sich und sagte mit verräterisch beruhigender Stimme:

»Ich bedaure, daß es so lange gedauert hat, aber ich habe Ihre Angaben kontrolliert, und sie scheinen korrekt zu sein.«

»Scheinen? Sie *sind* korrekt.«

Der Aristokrat lächelte nachsichtig.

»Sie sind es vermutlich«, sagte er, »aber in einem Fall wie diesem möchte ich hundertprozentig sicher sein. Ein Mann ist gestorben, das ist eine ernste Angelegenheit. Ich würde Sie also bitten, uns noch ein wenig zu helfen, Madame Hall. Es ist sehr einfach. Sie müssen nur ein paar Fragen beantworten. Kurze, einfache Fragen.«

Ich schaute auf die Uhr. Es war fast vier, ich hatte beinahe den ganzen Tag mit dieser idiotischen Geschichte zugebracht, und sie schien sich allmählich zu einem langen Alptraum zu entwickeln.

»Ich habe bereits alle Ihre Fragen beantwortet«, sagte ich.

»Es dauert nicht lange. Wollen Sie jetzt bitte so freundlich sein und mit mir kommen.«

Ich erstarrte. Wohin wollte er mit mir gehen? Warum konnte er seine blöden Fragen nicht hier stellen, wo wir schon die ganze Zeit saßen? Ich hatte mich an dieses Zimmer gewöhnt und hatte nicht das geringste Bedürfnis, noch weitere Gemächer kennenzulernen.

»Warum können wir nicht hierbleiben?« fragte ich.

»Weil die Bibliothek gleich von einer Gruppe benötigt wird.«

Voller dumpfer Ahnungen stand ich auf und folgte dem Aristokraten wieder in die Eingangshalle, wo wir uns in den kleinen Aufzug zwängten, in dem das Rotgesicht verschwunden war. Wir fuhren in das oberste, das dritte Geschoß. Als wir unbehaglich eng beieinander standen, schaute der Aristokrat geradeaus, das Kinn leicht angehoben und mit einem angestrengten Ausdruck von Effektivität, als ob ich ein Routinefall wäre, nur einer von vielen Menschen, die täglich in diesem Haus verhört wurden.

Wir gingen einen Flur entlang, der Aristokrat blieb vor einer Tür stehen, öffnete sie und hielt sie mir auf. Ich trat in einen tristen, unbestimmbaren Raum, der an ein Hotelzimmer erinnerte. An der einen Wand stand ein Tischchen mit zwei Stühlen, an der anderen ein einfaches Bett mit einem graumelierten Überwurf. Wir blieben am Bett stehen, und ich schaute den Aristokraten fragend an.

»Machen Sie es sich bequem«, sagte er. »Ich bin gleich wieder da.«

Dann ging er hinaus, und ich hörte, wie ein Schlüssel im Schloß gedreht wurde. Alles war sehr still. Ich hörte nicht einmal mehr seine Schritte im Flur, sie wurden wohl vom Teppichboden verschluckt. Vielleicht stand sogar so ein Untertan vor meiner Tür und bewachte mich, ich wußte es nicht, und es war mir auch egal. Ich konnte nicht einmal mehr Angst haben, ich war diese ganze Geschichte nur so unendlich leid. Ich ging zum Fenster und schaute hinaus. Hinter dem Gebäude war ein großer Park, dessen Ende ich nicht sehen konnte. Er war sehr gepflegt, mit geharkten Wegen, beschnittenen Hecken und gemähten Rasenflächen. Es gab keine Gartenmöbel. Nichts deutete darauf hin, daß es Kinder im Haus gab, auch keine Hunde, keine Gartengeräte, nichts. Es gab an der Hauswand keine Regenrinnen, und in der Nähe meines Fensters wuchs auch kein Wein oder ähnliches. Selbst wenn es etwas gegeben hätte, woran ich hätte herunterklettern können, es hätte mir nichts genützt: Ich litt an Schwindel. Ich konnte nichts machen als warten, mich an meine Geschichte halten und um jeden Preis Antonio draußen lassen, nicht nur seinetwegen, sondern auch meinetwegen. Sie waren vermutlich vor allem an Antonio interessiert, sie würden mich irgendwann gehen lassen und vielleicht beschatten, in der Hoffnung, daß ich sie zu Antonio führen würde, dachte ich.

Ich legte mich auf das Bett und streckte mich aus. Die Rückkehr des Aristokraten schien zu dauern. Ich richtete mich darauf ein, meinen Kopf so leer wie möglich zu machen, und ausnahmsweise funktionierte es: Plötzlich hatte ich das starke Gefühl, ganz abwesend und gleichzeitig intensiv anwesend zu sein. Ich schwebte in einer anderen Dimension, war mir meines Körpers und des Zimmers intensiv bewußt. Ich hatte das Gefühl, Ewigkeiten daliegen zu können, aufgelöst in der Zeit, oder die Zeit in mir aufgelöst.

Ich hatte keine Ahnung, wieviel Zeit vergangen war, als der Aristokrat zurückkam. Fünf Minuten? Eine halbe Stunde? Mehr? Ich lag immer noch auf dem Bett, als die Tür aufgemacht wurde.

Dieses Mal hatte der Aristokrat einen Mann dabei, den ich bisher noch nicht gesehen hatte. Ich schaute ihn schnell und uninteressiert an. Es war schließlich nur ein weiterer dieser unbegreiflichen, widerwärtigen Menschen, die das Haus bevölkerten.

»Schlafen Sie, Madame Hall?« fragte der Aristokrat.

»Nein, ich ruhe mich aus«, sagte ich und blieb in der gleichen Stellung auf dem Bett liegen.

»Ausgezeichnet.«

Es wurde wieder still. Die beiden Männer standen am Bett, und ich schaute an die Decke.

»Würden Sie sich bitte aufsetzen, Madame Hall«, sagte der Aristokrat.

Ich tat, was er sagte.

»Wir werden Ihnen jetzt eine Beruhigungsspritze geben«, fuhr er fort. »Sie bewirkt nur, daß Sie sich entspannen und uns alles erzählen, was Sie wissen. Keine Angst, sie wird Ihnen auf keinen Fall schaden.«

Eine Spritze. Sekundenschnell war ich wieder in der Alptraumsituation: Die wollten mich unter Drogen setzen! Vielleicht noch schlimmer, mich töten!

»Jetzt reicht es mir aber mit diesem Blödsinn!« schrie ich. »Ich werde nicht zustimmen, daß Sie mir irgendwelche Spritzen geben! Sie haben kein Recht dazu! Ich möchte die Polizei anrufen!«

Die beiden Männer packten mich an den Armen und drückten mich auf das Bett.

»Madame Hall«, sagte der Aristokrat durch die zusammengepreßten Zähne, »ich würde Ihnen raten, keinen Widerstand zu leisten. Das macht es nur schlimmer, für Sie und für mich.«

»Ich vertrage keine Spritzen!« schrie ich.

»Beruhigen Sie sich«, sagte der Aristokrat. »Sie werden sich nur angenehm entspannt fühlen.«

Der Typ, der mit ihm gekommen war, hatte plötzlich eine kleine Einwegspritze aus dem Nichts hervorgezaubert, so schien es mir jedenfalls. Er stand jetzt da und wartete auf Anweisungen. Der Aristokrat nickte ihm zu, und der Mann mit der Spritze packte mich am Oberarm, drückte ihn ein bißchen zusammen und stach zu, sehr schnell und geschickt. Ich spürte den Stich tatsächlich fast nicht. Als der Mann seinen Auftrag ausgeführt hatte, warf er dem Aristokraten einen raschen Blick zu, zog sich dann zurück und machte die Tür hinter sich zu. Der Aristokrat setzte sich auf einen der Stühle und betrachtete mich interessiert.

»Wie fühlen Sie sich, Madame Hall?«

Ich lehnte mich an die Wand und atmete tief ein. Ich lebte immerhin noch, und Tatsache war, daß ich mich allmählich ruhig und entspannt fühlte. Es war ein angenehmes Gefühl. Die ganze Panik und die wilden Spekulationen verschwanden, und ein Zustand tiefer Entspannung machte sich breit. Als ich das magere, zudringliche Gesicht des Aristokraten anschaute, war ich nicht einmal mehr wütend auf ihn. Er war mir egal. Was mit mir geschah, war sowieso jenseits aller vernünftigen Vorstellungen. Vielleicht würde ich nie mehr hier herauskommen, dachte ich ohne Erregung. Was konnte ich machen, um einem Ende zu entkommen, wenn das Schicksal es nun einmal so für mich bestimmt hatte? Nichts. Absolut nichts. Aber nachdem ich das gedacht hatte, verspürte ich ein anderes Gefühl, ein Gefühl, das mich seit meiner Kindheit begleitet hatte, eine magische Überzeugung, daß ich immer zurechtkommen würde, egal, was passierte. Sie war völlig irrational. Ich wußte nicht, woher ich sie hatte, ich war ganz einfach erfüllt davon. Vielleicht hatten alle Menschen dieses

Gefühl in sich, zumindest latent. Es war wohl ein starker und unverzichtbarer Teil der menschlichen Natur, der die Menschen weiterleben ließ, trotz allem.

»Es geht mir ganz ausgezeichnet«, sagte ich. »Angenehme Spritzen haben Sie hier. Geben Sie die all Ihren Gästen?«

Er lächelte nur nachsichtig und schien mit der Wirkung zufrieden zu sein.

»Ich habe doch gesagt, daß Sie sich keine Sorgen zu machen brauchen. Im Gegenteil. Und ich möchte betonen, daß dieses Beruhigungsmittel oft von Ärzten verwendet wird, es ist ganz legal.«

»Klar. Es fühlt sich sehr legal an.«

»Dann können wir vielleicht unser kleines Gespräch fortsetzen«, sagte der Aristokrat. »Oder vielleicht dazu übergehen, daß ich meine Fragen stelle und Sie wahrheitsgemäß antworten.«

Erst jetzt ging mir auf, daß sie mir eine Art Wahrheitsserum oder wie das hieß gegeben haben mußten. Als ich mich nun im Wahrheitsrausch aufsetzte, fand ich das Ganze ziemlich lustig. Aus unverständlichen Gründen erlebte ich die Situation überhaupt nicht als bedrohlich und war sicher, daß der Aristokrat nichts aus mir herausbekommen würde, auch dieses Mal nicht.

»Klar«, sagte ich, »fangen Sie an.«

Ich lehnte mich an die Wand, die Füße hatte ich auf das Bett hochgezogen. Ich fühlte mich dem Aristokraten so noch mehr überlegen, er saß konventionell auf seinem Stuhl mit übergeschlagenen Beinen.

Es war offensichtlich, daß der Aristokrat darin geübt war, Leute zu verhören, die die kleine Spritze bekommen hatten. Zunächst stellte er triviale Fragen nach Fakten. Wo in Schweden ich wohnte. War ich verlobt, verheiratet, geschieden? Wohnte ich mit jemandem zusammen? Hatte ich Kinder? Wie verdiente ich meinen Lebensunterhalt? Ich brauchte nicht zu lügen und antwortete kurz und korrekt: Ich wohnte in Stockholm, war geschieden, lebte allein, hatte keine Kinder und arbeitete freiberuflich für eine Werbeagentur.

Dann ging der Aristokrat ganz plötzlich dazu über, strategisch wichtige Angaben, die ich zuvor gemacht hatte, zu überprüfen.

»Wie heißt der italienische Freund, mit dem Sie gestern abend gegessen haben?«

Einen Moment lang hatte ich das erschreckende Gefühl, völlig leer im Kopf zu sein, so leer, daß ich nicht einmal mehr wußte, wie ich selber hieß. Ich konnte mich nicht mehr an das Gesicht meines italienischen Freundes erinnern, noch viel weniger an seinen Namen. In meinem Kopf war plötzlich totaler Kurzschluß. Der Mann, der mich gestern nacht zur Ekstase gebracht hatte, war plötzlich gesichtslos, ich erinnerte mich weder an seinen Decknamen noch an seinen richtigen Namen, obwohl ich den gestern immer wieder geschrien hatte.

»Wie er heißt?« fragte ich, um Zeit zu gewinnen. »Du liebe Zeit, ist das denn so wichtig? Ich meine, er kann sich ja irgendeinen Namen ausgedacht haben, als er sich mir vorstellte.«

Mein Ausfrager lächelte bleich.

»Antworten Sie auf meine Fragen, Madame Hall. Wiederholen Sie nur, was Sie vor ein paar Stunden gesagt haben. Wie hieß der Mann?«

»Ich weiß es wirklich nicht mehr«, sagte ich und schaute ihn hilflos an. »Ich erinnere mich an nichts mehr, ich würde ihn nicht wiedererkennen, wenn er jetzt ins Zimmer käme!«

Der Blick des Aristokraten traf den meinen, er lächelte unergründlich.

»Wir haben jede Menge Zeit«, sagte er, »irgendwann wird es Ihnen einfallen, da bin ich ganz sicher.«

»Das hoffe ich«, sagte ich aufrichtig. »Das Ganze beunruhigt mich doch ziemlich.«

»Sie brauchen sich nicht zu beunruhigen«, sagte der Aristokrat aufmunternd. »Das ist ganz normal. Vielleicht erinnern Sie sich, warum Ihr italienischer Freund in Brüssel war. Was sagte er?«

»Er sei geschäftlich unterwegs, sagte er.«

»Er war also geschäftlich hier. Das klingt vernünftig. Und was waren das für Geschäfte?«

»Woher soll ich das wissen? Wir sprachen nicht über seine Geschäfte. Wir hatten angenehmere Gesprächsthemen. Er war wirklich ein außergewöhnlich netter Mensch. Und außerdem ein phantastischer Liebhaber.«

Entglitt mir die Situation? überlegte ich, kaum daß ich das gesagt hatte. Der Aristokrat konnte eine gewisse Verärgerung nicht unterdrücken:

»Reden Sie keinen Unsinn«, sagte er scharf.

»Unsinn?« brachte ich hervor. »Wieso Unsinn? Ich spreche über das einzige, was ich wirklich von dem Mann weiß, auf den Sie so neugierig zu sein scheinen! Das ist kein Unsinn, das ist ein Faktum!«

Der Aristokrat stand auf und ging zum Fenster. Er stellte sich mit dem Rücken zu mir und schwieg eine Weile. Ich hatte immer noch keine Ahnung, wie mein italienischer Freund von gestern hieß. Dankbar über die Unterbrechung im Verhör wartete ich darauf, daß der Aristokrat zu einem Schluß kommen würde. Vielleicht überlegte er, ob er mich gehen lassen solle, trotz allem. Vielleicht war das der Grund für seine Pause: Er sah ein, daß ihm nichts anderes übrigblieb, als mich gehen zu lassen, weil er nicht mehr aus mir herausbrachte. Er würde mehr davon haben, mich beschatten zu lassen.

Ich konzentrierte mich darauf, ihm diesen Gedanken auf telepathischem Weg zukommen zu lassen, nur um etwas zu tun zu haben.

Aber es funktionierte nicht. Als der Aristokrat sich umdrehte, sah er sehr verärgert aus.

»Ich bin sicher, daß Ihnen ebensoviel daran liegt wie mir, daß dieses Gespräch hier irgendwann beendet ist«, sagte er.

»Es gibt eine ganz einfache Art, es zu beenden«, gab ich zurück. »Hören Sie auf, und lassen Sie mich gehen.«

Er lächelte schief und schüttelte langsam den Kopf.

»Madame Hall«, sagte er. »Warum wollen Sie um jeden Preis diesen… Kunden, Ihren italienischen Freund, schützen.

Er ist für Sie doch nur ein Fremder. Was können Sie für Gründe haben, ihn zu schützen.«

»Ich schütze überhaupt niemanden«, sagte ich. »Ich erinnere mich nur nicht mehr an seinen Namen dank Ihrer wunderbaren Drogen.«

In dem Moment fiel mir der Name wieder ein. Ich muß eine Geste gemacht haben, oder in meinen Augen war ein Funken von Überraschung zu sehen gewesen, auf jeden Fall fixierte der Aristokrat mich und sah aus, als würde er auf etwas warten.

»Jetzt weiß ich es wieder«, sagte ich spontan. »Ich glaube, ich weiß wieder... wie er hieß...«

Aber als ich Antonios Namen aussprechen wollte, rutschte er wieder weg. Erneut ein Kurzschluß. Ich starrte den Aristokraten in einfältiger Hilflosigkeit an. Alle Gedanken schienen sich zu verflüchtigen, ich konnte nichts mehr festhalten. Ich mußte mich konzentrieren, um nicht zu vergessen, in was für einem Zimmer und in was für einer Situation ich mich befand.

»Er ist wieder verschwunden«, sagte ich kläglich. »Ich hatte ihn auf der Zunge, und dann verschwand er wieder. Du lieber Gott, diese Spritze scheint mir das Gehirn zu zerstören.«

Ich glaubte jetzt deutlich hören zu können, daß der Aristokrat mit den Zähnen knirschte. Er sah aus wie eine Karikatur, eine Comicfigur, ich konnte fast eine Sprechblase mit »Skrinch!« aus seinem Mund kommen sehen. Es sah so schrecklich komisch aus, daß ich zu lachen anfing, und bald hatte ich so einen Lachanfall wie früher als Zehnjährige, er wollte einfach nicht aufhören.

Als ich mich ein wenig erholt hatte, sagte ich keuchend:

»Entschuldigen Sie... ich weiß nicht, worüber ich eigentlich lache...«

»Sie reagieren sehr eigentümlich, Madame Hall«, sagte der Aristokrat steif.

Da mußte ich plötzlich an einen psychologischen Test denken, den ich vor vielen Jahren einmal machen mußte, weil mein Exmann fest davon überzeugt war, daß ich total neurotisch war und Hilfe brauchte. Ich hatte nichts dagegen, total neurotisch zu sein, das war man damals ganz einfach, das Problem war nur, daß der Psychologe, der mich zwei Tage lang testete und der dann das Ergebnis auswerten und eine Diagnose erstellen sollte, nichts mit den Tests anfangen konnte. Meine Antworten waren zu widersprüchlich, zu verwickelt, man konnte überhaupt kein Muster erkennen. Vielleicht würde es mir gelingen, auch den Aristokraten zu verwirren?

Ich holte tief Luft. Ich muß schrecklich ausgesehen haben, ich hatte Tränen gelacht, die Wimperntusche war mir übers Gesicht gelaufen. Ich wollte nach einer Packung Taschentücher in meiner Handtasche suchen, und als ich keine fand, fragte ich den Aristokraten, ob er ein Taschentuch für mich habe. Widerwillig zog er eines aus der Brusttasche, ein richtiges Oberklassentaschentuch mit gesticktem Monogramm.

»Vielen Dank«, sagte ich, schneuzte mich in die eine Ecke und wischte mir dann mit der anderen die Augen.

Während ich damit beschäftigt war, fiel mir alles wieder ein. Keine Probleme. Er hieß Antonio, und mein Deckname für ihn war Vincenzo.

»Jetzt kann ich es Ihnen sagen«, meinte ich, nachdem ich im Spiegel meiner Puderdose einen Blick auf mein Gesicht geworfen hatte. »Er hieß Vincenzo. Vincenzo irgendwas. Ich habe seinen Nachnamen nicht richtig verstanden. Wir haben uns von Anfang an beim Vornamen genannt.«

Der Aristokrat schaute mich an und überlegte.

»Vincenzo«, wiederholte er. »Vincenzo irgendwas. Madame Hall, ich wäre dankbar, wenn Sie aufhören würden, mich an der Nase herumzuführen. Sie wissen sehr wohl, daß der Mann, der Sie gestern abend zum Essen eingeladen hat, nicht Vincenzo irgendwas heißt.«

»Nicht? Wie heißt er denn?«

»Er heißt Antonio Giuseppe Gramignia. Und er wohnt im selben Hotel wie Sie.«

Ich hatte keine Zeit, mir zu überlegen, wie sie das herausgefunden hatten: Jetzt kam es darauf an, meine Karten gut zu spielen.

»Im Bedford?« sagte ich mit gespielter Überraschung und schaute dem Aristokraten schamlos direkt in die Augen.

»Genau. Im Bedford.«

»Aber ich hatte keine Ahnung. Ich verstehe überhaupt nichts.«

»Und das soll ich Ihnen glauben?« fragte der Aristokrat ironisch.

»Es ist mir egal, was Sie glauben«, sagte ich. »Ich hatte keine Ahnung, daß Vincenzo eigentlich... wie war es gleich... hieß, und vor allem wußte ich nicht, daß er auch im Bedford wohnte. Ich verstehe nur nicht, warum er mir das nicht gesagt hat.«

Der Aristokrat schaute mich an, ohne etwas zu sagen.

»Ich verstehe überhaupt nichts von dieser wahnsinnigen Geschichte!« rief ich verzweifelt. »Ich will hier weg, ich habe nichts zu schaffen mit diesem Vincenzo oder wie immer er heißt, ich werde ihn nie wiedersehen! Es ist mir auch egal, wie er wirklich heißt und in welchem Hotel er wohnt! Okay, er ist auch im Bedford abgestiegen, und wenn schon. Aus irgendeinem Grund wollte er nicht, daß ich das weiß. Das alles ist völlig absurd!«

Der Aristokrat schaute mich immer noch an, ohne etwas zu sagen. Dann nahm er sein Zigarettenpäckchen und zündete sich eine Zigarette an.

»Wenn Sie mir nun ein Wahrheitsserum gespritzt haben und ich immer noch behaupte, daß Ihr Verdacht völlig unbegründet ist, dann kommen Sie doch nicht weiter«, sagte ich, als er den ersten Zug nahm.

Der Aristokrat ließ einen Rauchring zur Decke steigen. Sein Gesichtsausdruck verriet nichts.

»Darf ich Ihnen ein leichtes Essen anbieten, Madame Hall«, sagte er schließlich.

»Nein danke«, erwiderte ich, obwohl ich ziemlich hungrig war. »Ich werde in einem Restaurant in der Stadt essen.«

Er lächelte wieder sein steifes, schiefes Lächeln.

»Wir werden sehen«, sagte er, stand auf und verließ das Zimmer, ohne noch etwas zu sagen.

Der Schlüssel wurde von außen gedreht, und ich saß da in meiner totalen Ungewißheit. Die magische Sicherheit, daß ich zurechtkommen würde, verblich und wurde durch eine dumpfe Angst ersetzt. Nach einer Weile begann ich, mit dem Gedanken zu spielen, die Wahrheit zu sagen. Das war am Ende vielleicht meine einzige Rettung. Was gab es für einen Grund, dies alles hier nur wegen Antonio durchzumachen? Ich hatte keine Ahnung, worin er verwickelt war, und außerdem hatte er mich im Stich gelassen. Warum lag mir so viel daran, ihm auf jeden Fall den Rücken frei zu halten? Aber als ich diese Überlegungen anstellte, wußte ich, daß ich ihn nicht verraten würde, es sei denn, der Aristokrat und sein Anhang gingen zu richtiger Folter über. Die Wirkung des Medikaments ließ nach, und ich war nur noch erschöpft. Keiner meiner Pläne und Tricks hatte funktioniert. Das Gefühl des totalen Mißlingens wurde größer und umfaßte mein ganzes Leben: Ich war ein totaler Flop. Meine Ehe war in die Brüche gegangen, ich schlug mich mit einer Arbeit, die ich verabscheute, durchs Leben, ich hatte keinerlei Zukunftspläne. Sogar meine Ferien entgleisten total.

Der Aristokrat ließ sich viel Zeit. Was machte er bloß? Beriet er sich mit dem Rotgesicht und den Untertanen, wie sie mich auf bequemste Art loswerden könnten? Gruben sie vielleicht schon irgendwo in dem dunklen Park ein Grab für mich? Oder würden sie meine Leiche auf irgendeine Müllhalde kippen oder in einen verdreckten Fluß?

Als der Aristokrat wieder auftauchte, muß ich sehr elend ausgesehen haben.

»Entschuldigen Sie, daß es so lange gedauert hat«, sagte er, »aber ich kann Ihnen jetzt mitteilen, daß Sie frei sind.«

Ich konnte fast nicht glauben, daß ich richtig gehört hatte.

»Ihr Wagen ist vorgefahren, ich bringe Sie hinunter. Und hier ist Ihr Führerschein.«

Ungläubig nahm ich die Karte entgegen und stand auf.

»Wollen Sie zuerst noch eine Tasse Kaffee haben?« fragte der Aristokrat.

»Nein danke«, sagte ich schnell und strich meinen Rock glatt.

»Dann nicht«, sagte er und hielt mir die Tür auf.

Im Aufzug erklärte er mir, daß es so lange gedauert hatte, weil der Nachtwächter den Schlüssel für den Toyota nicht von der Person bekommen konnte, die Dienst hatte, als ich kam. Sie hatten ihn anrufen und bitten müssen, sofort mit dem Schlüssel herzukommen.

Erstaunliche Organisation, dachte ich, doch es war ja ein tröstlicher Gedanke, daß der Aristokrat und sein Anhang auch nicht perfekt waren. Das gab ihnen einen beinahe menschlichen Touch.

»Aber hier ist er jetzt«, sagte der Aristokrat, holte den Schlüssel aus seiner Jackentasche und reichte ihn mir.

»Danke«, sagte ich trocken.

Das war vielleicht eine gute Reaktion, dachte ich, mir die Erleichterung nicht zu sehr anmerken zu lassen. Zu warten, bis ich wirklich im Auto saß und den Motor schnurren hörte und sah, wie das schwere Tor sich zur Straße öffnete, zur Freiheit. Ich konnte immer noch nicht richtig glauben, daß es stimmte.

Das Auto stand am Eingang und wartete auf mich, genau wie der Aristokrat versprochen hatte, und er begleitete mich bis zur Tür und öffnete sie mir galant:

»Diese ganze Angelegenheit tut mir sehr leid«, sagte er. »Ich kann nur hoffen, daß Sie Verständnis haben für unsere… Maßnahmen.«

Ich setzte mich hinters Steuer, und der Aristokrat schlug die Tür zu. Als ich den Schlüssel im Schloß hatte, kurbelte ich das Fenster ein Stück herunter und nickte ihm zu:

»Goodbye«, sagte ich, ich konnte mir nicht vorstellen, ihm »au revoir« zu sagen.

»Ich wünsche Ihnen noch angenehme Ferien«, sagte der Aristokrat, und ich meinte einen höhnischen Unterton zu vernehmen, aber das war mir jetzt egal.

»Vielen Dank«, antwortete ich mit übertriebenem Lächeln und rollte dann auf das Tor zu, das schon offenstand.

Es war eine wunderbare Nacht, ruhig, warm, der Himmel voller Sterne, ein sanfter Wind kam herein, als ich das Fenster heruntergekurbelt hatte. Es war fast kein Verkehr. Erst als ich mich dem Zentrum näherte, sah ich Autos und Leute und hin und wieder ein Straßencafé, in dem Menschen in ihrer normalen Welt saßen und an einem Drink nippten und keine Ahnung hatten, was direkt um die Ecke im verborgenen vor sich ging.

Jetzt endlich kam die Erleichterung, sie war so überwältigend, daß ich laut lachen und schreien mußte. Ich dachte nicht an Antonio, er war völlig aus meinen Gedanken gestrichen. Ich jubelte bloß: Ich war wieder frei, auf wundersame Weise war ich aus einer schrecklichen Falle entwischt, in die ich seinetwegen geraten war. Ich hielt an einer der großen Avenuen, die ins Zentrum führten, an, setzte mich in ein Straßencafé und bestellte ein Bier und ein Sandwich. Am Nebentisch saß ein Paar in mittleren Jahren und sah absolut normal aus. Sie lächelten mir freundlich zu, als ich mich setzte, und dann führten sie ihr Gespräch fort. Das war sehr beruhigend.

Während ich auf mein Sandwich und mein Bier wartete, ging ich ins Café und rief Susanna an, aber es antwortete immer noch niemand. Sie war vermutlich irgendwo im Urlaub, in Mexiko oder am Ural oder in der afrikanischen Wüste. Ich ging zu meinem Tisch zurück, wo ein einladendes Sandwich und ein großes Glas kühles Bier auf mich warteten. Was sollte ich jetzt machen? So schnell wie möglich das Bedford verlassen? Ich holte das Kuvert, das ich von Antonio bekommen hatte, heraus und blätterte das Bündel Scheine durch, das übriggeblieben war, nachdem ich das Auto bezahlt hatte. Es würde vermutlich reichen für die Hotelrechnung. Doch ich konnte den Toyota erst morgen früh wieder abgeben, sobald Hertz aufmachte. Wenn ich also das Bedford verließ, mußte ich ein anderes Hotel für die Nacht finden, und das konnte schwierig werden. Außerdem war es vielleicht die beste Strategie, noch eine Nacht im Bedford zu bleiben, falls die Handlanger des Aristokraten mich beschatteten in der Hoffnung, daß ich sie zu Antonio führen würde. Es sah natürlicher aus, im Bedford zu bleiben, es würde vielleicht komisch wirken, wenn ich direkt dorthin führe und abreiste. Während ich also das Sandwich aufaß und das Bier austrank, beschloß ich, zurückzufahren in mein wunderbares Hotelzimmer, lange zu duschen und dann mindestens acht Stunden zu schlafen. Am Morgen würde ich den Toyota zurückgeben und mich erkundigen, wann der nächste Zug nach Paris ging.

Als ich ins Hotel zurückkam, begrüßte der Mann an der Rezeption mich mit routinemäßiger Freundlichkeit, sicherlich im Glauben, daß ich einen angenehmen Tag als Touristin im Sonnenschein verbracht hatte. Ich sagte ihm, daß ich am nächsten Morgen abreisen würde, und bestellte das Wecken auf acht Uhr.

Alles war normal. Ich fuhr mit dem Aufzug nach oben und sah mein Gesicht im Spiegel. Ich lächelte. Niemand konnte ahnen, was ich mitgemacht hatte. Ich drückte fest den Zimmerschlüssel in meiner Hand, genoß die kühle Schwere, die bestätigte, daß der Alptraum vorbei war.

7

Als ich in mein helles, sanftes Zimmer kam, machte ich als erstes das Fenster weit auf, schaute in die Nacht hinaus und holte ein paarmal tief Luft. Die Erleichterung schlug in Euphorie um: Ich würde allein schlafen, war in Sicherheit, und am nächsten Tag würde ich Brüssel schon verlassen haben. Ich würde meiner amerikanischen Freundin eine völlig unglaubliche Geschichte erzählen können. Solche Sachen passierten einfach nicht!

Genüßlich dachte ich an eine warme Dusche und wie ich

ins Bett gleiten würde und in der Dunkelheit liegen und der Stille lauschen, im phantastischen Gefühl, wieder in der Wirklichkeit zu sein.

Als ich auf dem Weg ins Bad war, klingelte das Telefon.

Ein Telefongespräch hatte ich zu allerletzt erwartet und war leicht sauer. War das vielleicht der Aristokrat, der kontrollieren wollte, ob ich wirklich im Hotel war? Oder hatte der Mann an der Rezeption einen trivialen Grund?

»Ja?« meldete ich mich barsch.

»Es tut mir leid, Sie stören zu müssen«, sagte der freundliche Mann, »aber hier ist ein Gespräch für Sie.«

»Nein, stop. Ich möchte jetzt mit niemandem reden.«

»Es ist ein Herr, der sagt, es sei sehr wichtig. Er hat im Lauf des Tages schon mehrmals angerufen.«

Erst da ging mir auf, daß es Antonio sein mußte. Ich hatte mich ganz einfach geweigert, an ihn zu denken.

»Okay«, sagte ich. »Verbinden Sie mich mit ihm.«

»Hallo, Liza?« Antonios Stimme klang sehr angespannt.

»Ja, ich bin es«, sagte ich matt.

»Geht es dir gut? Ist alles okay?«

»Es geht mir gut«, sagte ich.

»Hör zu, Liza, wir können einander später erzählen, was alles passiert ist. Du mußt jetzt sofort das Hotel verlassen.«

»Warum?« fragte ich.

»Das werde ich dir später erklären. Ich habe das Bedford verlassen und eine Wohnung außerhalb gemietet. Ich rufe von einem Café aus an, es liegt in der Nähe des Hotels. Pack deine Sachen, und verlaß das Hotel so schnell wie möglich.«

Ich lachte.

»Aber ich habe ganz andere Pläne«, sagte ich. »Ich habe vor, mich jetzt schlafen zu legen, falls es dich interessiert. Ich habe einen ziemlich anstrengenden Tag hinter mir.«

»Liza, bitte, liebe Liza, hör mir zu«, sagte Antonio fast panisch. »Um deinetwillen. Du weißt nicht, was das für Menschen sind. Ich werde dir alles erzählen, sobald wir uns sehen, aber jetzt mußt du tun, was ich sage, um deiner eigenen Sicherheit willen. Verstehst du mich?

Ich wollte bis zum Schluß nicht akzeptieren, daß die kurze Unterbrechung des Alptraums schon zu Ende war.

»Aber es geht mir gut hier, und morgen fahre ich nach Paris, und ich will dich auch nie wiedersehen!« schrie ich beinahe.

»Um Himmels willen, Liza, du schwebst immer noch in Gefahr. Pack so schnell wie möglich deine Sachen, bezahle die Hotelrechnung, hol dein Auto und warte vor dem Hoteleingang auf mich. Sobald du dort bist, setzt du dich auf den Beifahrersitz, aber laß den Motor laufen!«

Obwohl mir fast die Tränen kamen vor Wut und ich am liebsten den Hörer aufgelegt hätte, hinderte etwas in Antonios Stimme mich daran. Ich schaute mich im Zimmer um, das sich plötzlich in eine neue Falle verwandelt hatte. Die Angst kam wieder hoch, und mir wurde übel.

»Hörst du mich, Liza?«

»Ja«, sagte ich matt.

»Ich warte in zehn Minuten auf dich«, sagte Antonio und legte auf, ehe ich noch etwas fragen konnte.

In wenigen Augenblicken hatte meine triumphierende Erleichterung sich in angsteinflößende Verwirrung verwandelt. Ich zog mein schwarzes Kleid über den Kopf, dann stopfte ich meine Habseligkeiten in meine Tasche, laut fluchend vor Wut. Aber es schien keinen anderen Ausweg zu geben, als das Hotel zusammen mit Antonio zu verlassen: Er wußte schließlich, worum es ging, er würde vermutlich nicht Alarm schlagen, wenn es nicht nötig war.

An der Rezeption sagte ich, daß ich ganz unerwarteterweise sofort abreisen müsse, und sobald ich mit einem Teil des restlichen Geldes die Rechnung bezahlt hatte, ließ ich meine Tasche im Hotelfoyer und holte den Toyota, den ich in einer Querstraße ein paar Ecken weiter geparkt hatte. Als ich wieder zum Hotel kam, ließ ich den Motor laufen und holte schnell meine Tasche. Als ich sie im Kofferraum verstaute, tauchte Antonio aus dem Nichts auf und warf sich hinters Steuer. Er öffnete mir die Beifahrertür, und ich setzte mich neben ihn.

»Schnall dich bitte an, Cara«, sagte er und legte einen Blitzstart hin.

»Verfolgt uns jemand?« fragte ich dumm, weil ich hin und her flog wie ein loses Bündel. Antonio raste bei der Fahrt aus der Stadt hinaus wie ein Wahnsinniger um die Ecken.

»Das ist möglich«, sagte er und bog in die große Avenue an der Börse ab. »Wir dürfen kein Risiko eingehen.«

Auf der Fahrt aus dem Zentrum beschleunigte er, als ob wir auf der deutschen Autobahn wären. Glücklicherweise war die große, breite Straße fast menschenleer, die Leute schienen in dieser Stadt früh schlafen zu gehen, sogar die Touristen. Wir fuhren in die entgegengesetzte Richtung des Villenvororts, in dem ich eine Ewigkeit gefangen gewesen war.

Antonio war ein sehr guter Autofahrer, das mußte ich zugeben. Hervorragend, professionell. Normalerweise hatte ich immer Angst, wenn andere fuhren, aber jetzt fühlte ich mich merkwürdigerweise ganz sicher.

Nach einer Weile fuhr Antonio mit normaler Geschwindigkeit. Wir waren in eine Vorstadt gekommen, und es schien uns niemand zu folgen. Antonio schaute immer wieder in den Rückspiegel, und jedesmal, wenn wir abbogen, drehte ich mich um und kontrollierte, daß hinter uns kein Auto auftauchte. Alles schien normal zu sein. Die Gegend, durch die wir fuhren, bestand aus halbwegs annehmbaren Mietshäusern, umgeben von ordentlichen Rasenflächen und Blumenbeeten. An einem der Häuser bremste Antonio ab und fuhr zu einer Garageneinfahrt, kurbelte das Fenster herunter und drückte einen Code in einen elektronischen Kasten auf einem Pfosten. Die Tür öffnete sich leise, und als wir drin waren, drückte Antonio wieder einen Code auf einem anderen Pfosten, und die Tür schloß sich wieder hinter uns. Antonio fuhr in die Garage und parkte ganz hinten. Es waren sonst nicht viele Autos in der Garage und keines direkt neben unserem. Antonio stellte den Motor ab, und wir blieben einen Moment nebeneinander sitzen, ohne etwas zu sagen. Die Erschöpfung in mir kämpfte mit der Wut.

»Liza«, sagte Antonio schließlich und drehte sich zu mir. »Cara. Ist alles in Ordnung?«

»Ja, ja«, sagte ich unfreundlich und starrte auf die graue Betonwand vor mir. »Mir geht es wunderbar. Ich habe einen sehr angenehmen Tag verbracht, und vom Hotel hierher Monte-Carlo-Rallye zu fahren, das habe ich gerade noch zur Abrundung gebraucht!«

Er lächelte mich an.

»Okay«, sagte er. »Sei wütend auf mich, dafür hast du sicher allen Grund. Gleich kannst du mir alles erzählen. Aber wir wollen zuerst hinauf in die Wohnung gehen.«

Er stieg aus, ging hinten um das Auto herum und machte mir die Tür auf. Ich stieg auch aus, ging zum Kofferraum und wollte meine Tasche herausholen. Antonio kam mir zuvor, hob sie heraus, und dann gingen wir schweigend nebeneinander zum Aufzug. Wir sagten kein Wort, während wir in den vierten Stock hinauffuhren, wir schauten uns nur von der Seite her an, ich setzte eine undurchsichtige Miene auf. Antonio schien nichts dagegen zu haben, er sah heimlich begeistert aus. Ich konzentrierte mich auf meine Wut, wir verließen den Aufzug und kamen zu einer Tür, die Antonio aufschloß. Er trat zur Seite und ließ mich vorgehen, dann kam er mit meiner Reisetasche nach.

»Geh weiter, Cara«, sagte er, und ich ging in ein Wohnzimmer, das wirklich recht ansprechend aussah, wenn auch etwas unpersönlich.

»Setz dich«, sagte Antonio und zeigte auf ein weißes Sofa. »Möchtest du etwas zu trinken? Vielleicht ein Glas Gavi dei gavi?«

O nein, das war ein bißchen zu leicht. Keinen Gavi für mich, nein, nein. Ich bat kurz angebunden um einen Whisky, ohne Eis und ohne Wasser.

»Wenn welcher da ist«, meinte ich sauer.

»Natürlich ist Whisky da«, sagte Antonio ohne Enttäuschung darüber zu zeigen, daß ich seinen Gavi abgelehnt hatte.

Er ging in eine kleine Küche, die durch einen Tresen vom

Wohnzimmer abgetrennt war, und kam mit einem Glas Whisky zu mir zurück, für sich hatte er ein Bier. Er setzte sich neben mich aufs Sofa und zündete sich eine Zigarette an.

»Erzähl jetzt«, sagte er. »Erzähl mir jetzt, was passiert ist.«

Ich trank einige Schlucke Whisky, den ich eigentlich nicht besonders gern mochte, aber er hatte Wirkung: Ich sammelte mich und erklärte ihm, warum ich mit Rudenko zum Auto hatte gehen müssen.

»Eine bessere Situation hättest du gar nicht arrangieren können«, sagte Antonio.

»Für dich vielleicht. Aber bestimmt nicht für mich.«

Ich erzählte weiter, und Antonio hörte aufmerksam zu, ohne mich ein einziges Mal zu unterbrechen. Als ich fertig war, schwieg er noch eine Weile und schüttelte langsam den Kopf.

»Ich weiß nicht, was ich sagen soll, Liza, aber du hättest ihnen von mir erzählen sollen. Du hättest mich nicht schützen sollen, Cara. Ich hätte im Traum nicht daran gedacht, daß du mich schützen würdest, wenn du selbst in Gefahr warst. Das kann man von niemandem erwarten.«

Ich leerte mein Glas und bat um Nachschub.

»Das ist wohl mein kategorischer Imperativ«, meinte ich, als er die Whiskyflasche holen ging.

»Ich danke dem Himmel, daß du unbeschadet wieder da bist«, sagte er, als er wieder zum Sofa kam. »Ich verstehe wirklich nicht, warum sie dich so leicht wieder haben gehen lassen. Du mußt sehr überzeugend gewesen sein.«

»Was sind das eigentlich für Menschen?« fragte ich. »Du kennst sie, nicht wahr?«

»Sie gehören zu ultranationalistischen Kreisen in Belgien«, sagte Antonio. »Der dich verhört hat, ist der Schwiegersohn eines gewissen Laurent Van Neill, der im Vorstand der Nationalen Front sitzt. Der Mann, den du am Anfang gesehen hast, der mit dem roten Gesicht, das war er bestimmt. Die Nationale Front ist die zweitgrößte Partei in Belgien geworden, wie du vielleicht weißt. Sie haben fast zwanzig Prozent der Stimmen…«

»Und was hat Rudenko damit zu tun?« fragte ich.

»Rudenko sollte den Nationalisten in den EU-Ländern einen großen Gefallen tun«, sagte Antonio. »Er sollte Carlo Massini töten.«

»Den neuen EU-Präsidenten?« fragte ich ungläubig.

»Genau«, sagte Antonio ruhig, »er ist ihnen ein großer Dorn im Auge. Er hat vor, die heimlichen Kontakte der Ultranationalisten zu gewalttätigen Gruppen am rechten Rand in mehreren europäischen Ländern öffentlich zu machen. In Wirklichkeit steuern Männer wie Van Neill diese Gruppen. Sie sind ein Teil der rechtsextremen Strategie. Und jedesmal, wenn sie zuschlagen, übernimmt irgendeine obskure Linksgruppe die Verantwortung für die Aktion. Aber diese Linksgruppen existieren überhaupt nicht, sie sind eine Erfindung für die Medien. Verstehst du?«

Rechts, links, Terrorismus, Lügen. Seit ich vor vielen Jahren ideologisch vom Anarchismus abgefallen war, hatte ich allem, was mit Politik zu tun hatte, voller Widerwillen und Ekel den Rücken gekehrt. Ich wollte nicht einmal sehen, wie der Nationalismus erstarkte, ich hoffte nur, er würde nie so stark werden, daß er die treibende Kraft im parlamentarischen System würde.

»Ich verstehe«, sagte ich. »Rudenko war also ein Terrorist, der für die Rechtsextremen arbeitete.«

»Er war das rechtsextreme Gegenstück zu Carlos. Er war mit einflußreichen Männern im Osten und im Westen gut befreundet. Ein Schakal. Er gehörte keiner Gruppe an, er operierte immer allein. Er war ein außergewöhnlicher Scharfschütze. Höchstwahrscheinlich hat er Yves Lagrange erschossen, wenn du von dem Fall gehört hast.«

Lagrange? Der Name sagte mir nichts.

»Ein französischer Anwalt«, erklärte Antonio. »Er bereitete eine Anklage gegen eine hochgestellte Person in der Front National vor und wurde in Montpellier erschossen, es ist ungefähr ein Jahr her.«

Ich fragte mich, woher Antonio wußte, daß Rudenko Lagrange erschossen hatte. Woher bekam er seine Informationen? War er eine Art Sicherheitsagent mit geheimem Auftrag? War die MSI sein Deckmantel?

»Und Rudenko?« fragte ich. »Hast du ihn umgebracht?«

»Ja«, sagte Antonio, und unsere Blicke trafen sich.

Wir saßen eine Weile schweigend nebeneinander.

»Aber woher hast du gewußt, daß Rudenko Massini töten sollte?« fragte ich schließlich.

»Das ist eine lange Geschichte, Cara. Bist du sicher, daß du sie jetzt hören willst? Du mußt dich ausruhen nach allem, was du mitgemacht hast.«

Er beugte sich vor und strich mit der Hand über meine Haare. Ich spürte sofort, wie mein Körper antwortete, und entzog mich.

»Nein, ich will es wissen.«

Antonio hob die Schultern.

»Wie du willst. Aber eines sage ich dir: Was ich dir jetzt erzähle, darfst du nie jemandem weitersagen.«

»Ich weiß«, sagte ich. »Ich verspreche es.«

»Wie ich schon gesagt habe, bin ich Mitglied der MSI. Ich wurde von guten Freunden überredet, der Partei beizutreten, und ich wurde also Abgeordneter. Ich machte beinahe Karriere, irgendwie gegen meinen Willen. Ich hatte nie vorgehabt, ernsthaft in die Politik zu gehen, ich hatte genug mit meinen Geschäften zu tun.«

Er machte eine Pause und zündete eine Zigarette an.

»Eines Tages nahm ein Mitglied der Parteiführung Kontakt mit mir auf, ein Mann, den ich nur vom Sehen kannte, aber vor dem ich größten Respekt hatte. Er lud mich zu sich nach Hause zum Essen ein, zusammen mit einem Parteikollegen, den ich nicht kannte. Nach dem Essen zog seine Frau sich zurück, und wir blieben allein. Es stellte sich heraus, daß sie sich für Parapsychologie interessierten und das Gerücht gehört hatten, ich hätte telepathische Fähigkeiten. Zusammen mit einigen anderen Leuten aus MSI-Kreisen in Mailand hatten sie eine informelle Gruppe gebildet, die parapsychologische Séancen veranstaltete. Sie sagten, sie würden sich sehr geehrt fühlen, wenn ich einmal an einer Zusammenkunft teilnähme.«

Antonio machte wieder eine Pause und beugte den Kopf zurück, der Rauch kam durch seine Nasenlöcher:

»Ich muß dir sagen, daß ich eingewilligt hatte, einem Krankenhaus zur Verfügung zu stehen, wenn in ganz seltenen Fällen einmal ein Patient operiert werden mußte, den man nicht betäuben konnte. In so einem Fall können sie mich rufen, damit ich die entsprechende Person hypnotisiere. Durch einen Arzt oder eine Krankenschwester muß das Gerücht über meine medialen Fähigkeiten nach außen gedrungen sein, denn wie ich schon gesagt habe, bin ich sehr verschwiegen, was das betrifft, und rede eigentlich nie mit jemandem darüber. Du bist eine der wenigen Ausnahmen.«

Antonio hatte also die Einladung zu dieser Gruppe angenommen, weil er gehofft hatte, auf ihre Diskretion rechnen zu können und so eine weitere Ausbreitung des Gerüchts zu verhindern.

»Schon nach dem ersten Treffen hatte ich das Gefühl, daß irgend etwas mit dieser Gruppe nicht stimmte. Es waren vier Personen, drei Männer und eine Frau. Ich ahnte, daß sie die Absicht hatten, mich für irgendwelche dunklen Machenschaften auszunützen, aber gerade deshalb war ich daran interessiert, mit ihnen in Kontakt zu bleiben. Ich wollte herausbekommen, was sie in Wirklichkeit vorhatten. Man könnte sagen, daß ich eine Art Maulwurf war, auf eigene Faust. Ich wurde meinen Prinzipien untreu und benutzte meine Fähigkeiten, um der Gruppe zu imponieren; das war so unglaublich einfach. O Liza, wenn du wüßtest, wie leicht es ist, am Ende des zwanzigsten Jahrhunderts den Zauberer zu spielen! In ihren Augen war ich bald eine Art Schamane, ich hatte eine ganz herausragende Stellung. Die nützte ich wiederum aus, um das Terrain zu sondieren, und schließlich bekam ich heraus, was sie vorhatten.«

Er machte eine Kunstpause und zwang mich so, zu fragen, was für Absichten die Gruppe hatte.

»Oh, das ist einfach«, sagte Antonio. »Sie wollen den Faschismus wieder einführen. Sie wollen Europa von Flüchtlingen säubern, sie wollen die EU übernehmen, um die derzeitigen Strukturen auflösen zu können, und dann ihre Vorstellungen von einer europäischen Weltherrschaft, aufgebaut auf einer Pyramide von europäischen Nationen, durchsetzen.«

»Aber das klingt ja wie nach einer Bande von Wahnsinnigen«, sagte ich. »Ich meine, das ist doch völlig unrealistisch...«

»Das sieht vielleicht so aus«, sagte Antonio, »aber vergiß nicht, das haben die meisten Leute auch von Hitler und seinesgleichen gedacht. Diese Menschen sind eine reale Gefahr. Es gibt ein ganzes Netz von ähnlichen Gruppen in Europa, und die meisten interessieren sich auch für Parapsychologie. Sie haben Verbindungen zu nationalistischen Parteien, doch sie agieren im Untergrund, als Zwischenglieder zu terroristischen Gruppen, die Attentate auf Befehl von Personen mit hohen Posten in den Parteien ausführen. Diese Personen verheimlichen den jeweiligen Parteiführungen, was sie machen, aber auch wenn es herauskäme, würden sie vermutlich das schweigende Einverständnis ihrer Parteien haben. Ich habe keine Illusionen mehr über die MSI, Cara, doch im Moment kann ich nicht aus der Partei austreten. Ich hoffe, daß ich es irgendwann kann, aber ich muß meinen Austritt sehr genau planen, verstehst du, es muß überzeugend sein. Vielleicht wird mir das nie gelingen, ich weiß noch nicht.«

»Meinst du also, daß so eine Gruppe Rudenko angeworben hat?« fragte ich.

»Genau. Die Operation wurde in der außerparlamentarischen Gruppe, der ich in Mailand angehöre, geplant, zusammen mit einer ähnlichen Gruppe in Kiew und mit Van Neills Gruppe in Brüssel. Rudenko wurde als Pressefotograf nach Brüssel geschickt, er hatte falsche Papiere und sollte an einer Pressekonferenz teilnehmen, die nach Carlo Massinis Rede abgehalten werden sollte. Er würde nahe genug an den EU-Präsidenten herankommen, um eine kleine Spitze, die von der Kamera ausgelöst wird, auf ihn abschießen zu können. Genau wie dieser Bulgare in Paris, oder war es in London, der mit einer kleinen Spitze aus einem Regenschirm beschossen wurde. Der Beschossene spürt nur einen kleinen

Stich und zeigt erst nach ein paar Stunden Krankheitssymptome. Dann stirbt er langsam und unbarmherzig an einer Vergiftung. Während der Pressekonferenz würde niemand etwas merken, und niemand würde herausbekommen, warum Carlo Massini krank wurde und im Laufe von ein paar Tagen sterben mußte.«

Mir war, als ob ich plötzlich hilflos in eine andere Epoche geschleudert würde. Ein neues Muster brach hervor, es gab keinen Weg zurück in die alte Zeit, die Zeit, in der ich mich noch bis vor kurzem befunden hatte.

Ich war sehr durcheinander und trank noch einen Schluck Whisky.

»Ich kann dir gar nicht sagen, wie leid mir das tut, was dir heute widerfahren ist«, sagte Antonio. »Du kannst dir nicht vorstellen, wie sehr ich es bedaure, aber was hätte ich tun sollen? Du hast noch nicht gehört, was mir passiert ist, aber es war total idiotisch. Ein verrückter Däne fuhr mir hinten aufs Auto, als ich ein Stück hinter dir einparken wollte, und der Kerl bestand darauf, daß wir alles mit Versicherungen und so weiter klärten. Während ich noch versuchte, ihm zu erklären, daß es mir egal sei, tauchte ein Polizist auf, und es dauerte alles ewig. Als ich endlich fertig war, hatte ich natürlich deine Spur verloren. Ich dachte, das Vernünftigste sei zu warten, bis du wieder zum Auto zurückkämst. Und als du dann mit Rudenko zurückkamst und er da am Auto stand, mit dem Rücken zu mir wartete, hattest du eine perfekte Situation arrangiert.«

Ich lachte. Es war Ewigkeiten her, daß ich da in der Sonne an der Börse gestanden und den Schlüssel gesucht hatte und Rudenko ungeduldig auf mich wartete. Da hatte ich mich noch in der alten Epoche befunden, als ich noch nicht sehen wollte, was vor sich ging, und hoffte, daß alles glatt gehen und wie früher werden würde.

»Ich nahm an, daß du ihn irgendwohin fahren würdest. Ich dachte also, du hättest genug Zeit, ihn aussteigen zu lassen, und dann würde er auf der Straße tot zusammenbrechen, und du würdest es nie erfahren. Und auch wenn er lange genug bei dir im Auto gesessen hätte und neben dir gestorben wäre, dann hätte man dich nicht verdächtigen können, weil das Gift nicht nachzuweisen ist. Nicht im Traum wäre ich auf den Gedanken gekommen, daß du ihn zu Van Neill zurückfahren könntest.«

Da fiel mir etwas ein, und ich rief aus:

»Die wissen, wie du heißt! Sie werden dich in Mailand aufspüren und versuchen, dich zu töten!«

»Mach dir keine Sorgen, Cara, ich reise mit einem falschen Paß. Ich heiße nicht Antonio Gramignia. Meine richtige Identität kennen sie nicht.«

Erst lachte ich erleichtert, und dann, weil ich es komisch fand, daß wir beide erfundene Namen verwendeten.

»Und wie heißt du richtig?« fragte ich.

»Es ist besser, wenn du das nicht weißt. Hast du etwas dagegen, mich auch weiterhin Antonio zu nennen?«

»Überhaupt nicht. Ich glaube nicht, daß ich dich anders nennen könnte. Für mich bist du Antonio.«

Er lehnte sich zurück und lächelte. »Liza, du mußt jetzt ins Bett gehen. Du brauchst einen langen Nachtschlaf.«

Aber jetzt war die Müdigkeit nur angenehm, und ich fühlte mich auch nicht vom Whisky berauscht. Ich hätte am liebsten noch stundenlang so mit Antonio auf dem Sofa gesessen, wollte es einfach genießen, wieder mit ihm zusammen zu sein.

»Ich bin zu faul, um aufzustehen«, sagte ich.

»Dann trage ich dich ins Schlafzimmer.«

»Nein danke«, sagte ich prompt, »ich hasse es, getragen zu werden. Und ich muß sowie zuerst noch ins Bad, es wäre also völlig witzlos, mich ins Bett zu kippen.«

Antonio lachte laut auf.

»Ihr Nordeuropäer seid so rationell«, sagte er.

Als ich keine Anstalten machte, aufzustehen, beugte er sich vor, legte mir die Hand in den Nacken und schüttelte mich leicht:

»Wenn du hier auf dem Sofa bleibst, werde ich dich vergewaltigen«, sagte er.

Oh, seine Hand hatte eine magische Ausstrahlung.

»Das klingt wie ein angemessener Schluß für diesen Tag«, sagte ich und spürte, wie meine Sehnsucht nach ihm zu vibrieren begann.

»Mach keine Scherze, Cara, ich meine es ernst.«

Er hatte immer noch die Hand in meinem Nacken, meine Lust flammte so sehr auf, daß mir das Blut aus dem Kopf floß und meine Lippen kalt wurden. Ich wollte seinen Mund, seine nach Tabak schmeckende Zunge, ich wollte, daß er mich streichelte, daß seine Hände wieder an den Innenseiten meiner Schenkel hochglitten wie gestern abend, ich wollte, daß er mich sofort nahm, hier auf dem Sofa.

»Ich meine es auch ernst«, sagte ich.

Sein Griff um meinen Nacken wurde fester, und mit der freien Hand löste er meinen Haarknoten, ganz langsam, immer noch beherrschte er sich.

»Küß mich«, bat ich ihn atemlos, und als er meine zitternde Erwartung spürte, zog er mich zu sich und öffnete meine Lippen.

Noch nie hat ein Mann so eine Wirkung auf mich gehabt, seine Männlichkeit ließ das Weibchen in mir schamlos stöhnen.

Er sagte zu mir, ich solle meinen Slip ausziehen und mich umdrehen, seine Aufforderung steigerte meine Lust bis zum Äußersten. Als er von hinten in mich eindrang, begannen die gleichen Konvulsionen wie in der Nacht zuvor, der gleiche gewaltsame Genuß, ich schrie, ich stöhnte und biß in das Sofakissen unter mir. Ich hatte noch nie solche Orgasmen gehabt, sie kamen aus der Tiefe der Eingeweide, und als sie ihren Höhepunkt erreichten, kam Antonio auch und unsere Schreie schmolzen ineinander.

Wir blieben noch lange so liegen, über der Armlehne des Sofas zusammengesunken. Antonio umfaßte meine Hüften von hinten, sein Kopf ruhte auf meinem Rücken, beide keuchten wir und waren außerstande, auch nur ein Wort zu sagen.

»Was habe ich gesagt«, meinte ich schließlich, als wir uns

aufrichteten und in unsere Sofaecken zurücksanken. »Das war ein angemessener Schluß für diesen Tag.«

Antonio beugte sich zurück und lachte.

»Ich liebe es, mit dir zusammen zu sein«, sagte er. »Mit dir wäre ich immer glücklich, was du auch tun würdest.«

Ich bemerkte, daß er im Konjunktiv sprach, und für einen Augenblick versuchte ich, mir ein Leben vorzustellen, wenn diese Geschichte vorbei war, aber das war unmöglich. Es gab nichts jenseits der Gegenwart. Antonio in seiner Sofaecke, das Hemd aufgeknöpft, grobe graue Haare auf der Brust und Schweißflecken unter den Armen. Es war, als ob ein Strahlenglanz um ihn wäre. Meine Erfahrungen mit mittelalten Männern waren ziemlich frustrierend und hatten mich glauben gemacht, daß alle über fünfundvierzig Probleme mit der Potenz zu haben schienen, keine sehr erfreuliche Entdeckung, ich war nämlich nicht interessiert an jüngeren Männern und bevorzugte Männer, die älter waren als ich. Antonio war aufgetaucht wie eine fleischgewordene Wunschvorstellung, er paßte zu meinen geheimsten Träumen. Er war völlig unwahrscheinlich und völlig gegenwärtig.

»Wie lange bleiben wir in dieser Wohnung?« fragte ich.

»Ich habe sie für eine Woche gemietet, wir bleiben aber nur noch einen Tag, höchstens zwei. Ich muß morgen noch ein paar Sachen erledigen. Wir verhalten uns so ruhig wie möglich, gehen nicht in die Stadt.«

»Und dann?« fragte ich.

»Dann verlassen wir Belgien.«

»Zusammen?«

»Wenn du willst. Wir reden morgen darüber.«

Als ich später im Bett lag, zwischen frischen, kühlen Laken, kam er und setzte sich neben mich auf die Bettkante und sagte, er bleibe noch ein Weilchen auf, im Wohnzimmer, allein. Ob es mich stören würde, wenn er später käme?

O nein, wieso sollte mich das stören? Mich störte hier nichts, nicht einmal das Doppelbett, ein Möbel, das schon immer Widerwillen in mir ausgelöst hatte, aber jetzt genoß ich die Vorstellung, daß Antonio neben mir schlafen würde. Ich ließ die Nachttischlampe an, schlief in ihrem sanften Schein ein, die Tür zum Wohnzimmer stand offen, ich würde hören, wie Antonio sich dort bewegte, und den Rauch seiner ewigen Zigarette riechen. Nichts konnte wohliger sein.

Er gab mir einen Gutenachtkuß, und ich glaube, ich schlief schon, als er das Zimmer verließ.

8

Als ich aufwachte, wußte ich zuerst nicht, wo ich war. Im frühen Morgenlicht sah das Zimmer ganz fremd aus.

Der Wecker auf dem Nachttisch zeigte kurz nach acht. Antonios Platz war leer. Mit einem Ruck setzte ich mich auf und wollte ihn rufen, doch meine Stimme versagte. Es wurde nur ein jämmerliches Krächzen.

Aber da stand er auch schon in der Tür, ganz angezogen. Er mußte auch schon geduscht haben, denn seine zurückgekämmten Haare waren naß.

»Guten Morgen, Liza. Hast du gut geschlafen?«

»Ja, ich... bekam nur ein bißchen Angst, als ich merkte, daß du nicht da warst...«

Mir war recht, daß er in der Tür stehenblieb und ich mich von meinem Schreck erholen und in der wachen Welt orientieren konnte.

»Ich habe Kaffee gemacht«, sagte Antonio. »Möchtest du das Frühstück im Bett?«

»Nein danke«, sagte ich, »ich stehe gleich auf.«

Dann lehnte ich mich in das Kissen zurück und atmete tief durch. Mein Herz schlug wieder normal, und als ich dalag und hörte, wie er in der Küche rumorte, und den Duft des Espressokaffees roch, der ins Schlafzimmer drang – es war immer noch halbdunkel, weil die Jalousien heruntergelassen waren –, da wuchs in mir ein großes Glücksgefühl. Die Gegenwart erfüllte mich so total, mein Leben war genau hier, genau jetzt. An eine Zukunft dachte ich nicht. Ich war mit Antonio zusammen. Wir würden gemeinsam Kaffee trinken. Ich hörte, wie er in der Küche vor sich hinsummte. Noch nie war ich so mit einem Mann aufgewacht. Eines der großen Probleme in meiner schiefgegangenen Ehe war, daß ich mich nicht daran gewöhnen konnte, im selben Zimmer, im selben Bett wie mein Mann zu schlafen, und auch am liebsten meinen Morgenkaffee allein getrunken hätte. Am Anfang dachte ich, das gehe vorüber, aber im Gegenteil, es fiel mir immer schwerer. Ich sprach darüber nie mit meinem Mann, ich wollte ihn nicht verletzen. Ich sagte bloß, ich sei schon immer ein Morgenmuffel gewesen, zum Schluß glaubte ich es selbst. Aber jetzt stellte ich fest, daß es nicht wahr war: Der Morgen war schön, der Tag lag frisch und blank vor mir.

In der Küche hatte Antonio große, runde Kekse, Butter und Feigenmarmelade gedeckt. Feigenmarmelade, ich war so verrückt danach, daß ich bereit war, einen Phantasiepreis an einem ganz bestimmten Stand in der Markthalle in Stockholm dafür zu bezahlen.

Antonio goß Kaffee ein und setzte sich mir gegenüber. Sobald er einen Schluck getrunken hatte, zündete er eine Zigarette an.

»Bist du verheiratet?« fragte ich plötzlich, ohne es eigentlich vorgehabt zu haben.

»Nein, ich bin Witwer. Meine Frau starb vor vier Jahren. Bei einem Autounfall. Ich wohne mit meiner Tochter und meiner Haushälterin zusammen.«

Ich verstand. In seiner Welt war für mich kein Platz. Vielleicht hatte er auch eine Geliebte in Mailand.

Ich tauchte einen halben Keks in die Kaffeetasse, und der weiche Teil fiel hinein.

»Wie hast du deinen Plan eigentlich ausführen wollen?« fragte ich, um das Thema zu wechseln, und fischte das durchweichte Keksstückchen aus der Kaffeetasse. »Wenn du nicht zufällig mich getroffen hättest, meine ich?«

»Eigentlich sollte meine Nichte mitkommen«, sagte er.

»Dein Zimmer im Bedford war für sie reserviert gewesen. Aber sie wurde plötzlich krank, am Tag, als wir abreisen wollten, und ich mußte allein fahren. Ich wußte nur, daß ich es irgendwie schaffen mußte.«

»Deine Nichte?« fragte ich etwas skeptisch, weil ich sofort den Verdacht hatte, daß es sich wohl um eine Geliebte gehandelt hatte, mit der er im letzten Moment Streit bekommen hatte und die abgesprungen war.

»Ja, Paula. Sie ist eine sehr empfindsame junge Frau. Sie weiß, wie es ist, mediale Fähigkeiten zu haben, sie hat selbst auch so eine Tendenz. Sie gehört zu den wenigen Menschen, denen ich vertraue. Nur sie weiß, daß ich im Moment in Brüssel bin. Nicht einmal meine Tochter weiß, wo ich bin. Sie glaubt wie alle anderen, ich sei in der Schweiz.«

»Ich hoffe, daß deine Nichte nicht ernsthaft krank ist.«

»Nein, vermutlich waren es die Nerven. Sie bekam Magenkrämpfe und mußte sich übergeben. Aber als ich sie von Brüssel aus anrief, ging es ihr schon wieder viel besser. Ich denke, es war auch ein bißchen Wunschdenken meinerseits, daß sie es schaffen würde. Paula ist sehr zart, doch ich konnte niemand anders um Hilfe bitten.«

Er hatte seinen Kaffee ausgetrunken und schaute mich an, die Ellbogen auf den Tisch aufgestützt.

»Liza«, sagte er, »ein guter Freund wird bald unten im Auto auf mich warten. Ich hoffe, du nimmst es mir nicht übel, wenn ich dich ihm nicht vorstelle, aber wir meinen beide, daß es am besten ist, wenn du ihn nie gesehen hast.«

Ich war etwas enttäuscht, daß wir uns so bald schon wieder trennen würden, doch ich behielt die Fassung.

»Nein, nein«, sagte ich. »Wann kommst du wieder?«

»Ich rufe dich gegen zwölf an«, sagte er.

»Okay«, sagte ich. »Was ist denn überhaupt mit deinem Auto?«

»Das war nicht mein Auto. Ich habe es in Mailand gemietet und hier in Brüssel bei der gleichen Firma wieder abgegeben. Heute werde ich ein neues Auto mieten, mit dem ich dann wieder nach Mailand fahre.«

»Wann wird das sein?« fragte ich.

»Vielleicht schon heute abend. Oder auch morgen.«

Er stand auf und kam zu mir. Als ich mein Gesicht zu ihm hob, nahm er es sanft zwischen beide Hände, beugte sich herab und küßte mich.

»Nimm jetzt ein langes Bad«, sagte er, »entspann dich und erhol dich von allem, was du gestern erlebt hast. Geh nicht raus und mach nicht auf, wenn es an der Tür klingelt. Warte darauf, daß ich anrufe.«

»Werde ich etwa hier eingeschlossen?« fragte ich.

Antonio holte einen Schlüssel aus der Jackentasche und gab ihn mir:

»Wenn es dir wohler ist, wenn du einen Schlüssel hast, bitte schön, hier ist der Zweitschlüssel. Aber du brauchst nicht aus dem Haus zu gehen. Im Kühlschrank ist etwas zu essen und Wein. Mach es dir schön.«

Es war wie am Tag zuvor, als der Mann von Hertz mir einen schönen Tag gewünscht hatte: Ich ging wieder in die Falle und glaubte einfältig daran, daß es ein angenehmer Vormittag werden würde.

»Komm bald zurück«, sagte ich.

Als er gegangen war, blieb ich noch am Küchentisch sitzen. Meine Enttäuschung hatte sich gelegt: In ein paar Stunden würde Antonio wieder bei mir sein, und weiter wollte ich nicht denken.

Nach einer Weile stand ich auf, ging ins Badezimmer und drehte den Wasserhahn auf. Ich nahm eine Flasche Badeöl vom Wannenrand und schraubte den Deckel ab, um zu riechen, was es war.

Oh, Lavendel.

Als ich so dastand und die zähflüssige blaue Flüssigkeit ins Wasser goß, wurde das ganze Gebäude plötzlich von einer gewaltigen Explosion erschüttert. Fensterscheiben klirrten, und von ferne hörte ich zersplitterndes Glas.

Einen Moment blieb ich wie versteinert stehen mit der verführerisch lavendelblauen Flasche in der Hand und jammerte. Nein, nein, jetzt war es wirklich genug, ich wollte nicht mehr mitmachen, ich konnte nicht mehr! Daß die Explosion etwas mit Antonio und mir zu tun hatte, war mir sofort klar.

Dann hörte man Schreie, Türen wurden aufgerissen, Leute liefen ins Treppenhaus. Wie in Trance beugte ich mich über die Badewanne, drehte den Wasserhahn zu, schaute den Ringen, die sich von den letzten Tropfen bildeten, zu und zog den Stöpsel heraus. Mein wunderbarer Vormittag in Erwartung von Antonio schien mit dem ablaufenden Wasser zu versickern.

Eilig nahm ich ein Badetuch und wickelte es um mich. Ich ging in die Wohnung und schaute mich um. Alles sah normal aus. Die Fensterscheiben mußten in einer der unteren Wohnungen geplatzt sein.

Wenn die Explosion etwas mit Antonio und mir zu tun hatte, wenn wir damit gemeint gewesen waren, warum war dann unsere Wohnung nicht getroffen worden? Konnte es doch der reine Zufall sein, daß die Explosion stattfand, während wir uns hier aufhielten? War es vielleicht ein Gasleck? In der Küche war ein Gasherd, das war mir aufgefallen. Gab es eine rationale Erklärung für die Explosion, eine Erklärung, die nichts mit uns zu tun hatte?

Langsam ging ich zur Balkontür, machte sie auf und ging zum Geländer. Menschen waren auf die Straße gelaufen, und immer mehr kamen dazu. Wo kamen sie nur alle her? Dann hörte ich, wie Sirenen sich näherten und schnell so unerträglich laut wurden, daß ich mir die Ohren zuhalten mußte. Ein Feuerwehrauto kam angefahren, dahinter zwei Krankenwagen.

Das Feuerwehrauto blieb vor der Garageneinfahrt stehen. Die Krankenwagen parkten dahinter, nicht weit von unserem Hauseingang, Sanitäter sprangen heraus und machten die Türen auf, um die Bahren herauszuholen. Dann bahnten sie sich einen Weg durch die dichte Menschenmenge und verschwanden im Eingang.

Der Toyota! dachte ich plötzlich. Mein blauer Toyota muß explodiert sein! Sie müssen in dem Auto eine Bombe angebracht haben, bevor ich die düstere Villa wieder verließ. Deswegen hat es auch so lange gedauert, bis der Aristokrat mit dem Schlüssel wiederkam und mitteilte, daß ich frei war und gehen konnte. Aber etwas muß schiefgegangen sein, sie hatten es vielleicht zu eilig gehabt, und die Bombe, die eigentlich explodieren sollte, während ich drinsaß, war erst heute gezündet worden. Wenn ich gestern abend in die Luft geflogen wäre, irgendwo zwischen der Residenz des Faschisten und dem Stadtzentrum, auf einer langen und einsamen Avenue, dann hätte es keinen Zusammenhang gegeben zwischen der toten Schwedin in einem gemieteten Auto und seinen Leuten.

Aber warum hatten sie mich töten wollen? Wenn ich tot war, konnte ich sie ja nicht zu Antonio führen. Oder hatten sie im Lauf des Tages, während der Aristokrat mich vergeblich bearbeitet hatte, über andere, dunkle Kanäle Informationen über Antonios Identität bekommen? Hatten sie mich aus dem Weg räumen wollen, nur um sicher zu sein, daß nichts über den Mord an Rudenko und meinen unfreiwilligen Aufenthalt in ihrer Villa nach außen drang? Wenn sie wirklich etwas mit Terrorismus zu tun hatten, dann war es ganz logisch, daß sie eine Person wie Amanda Hall für immer loswerden wollten.

Plötzlich ging ein Schauer durch mich hindurch, und dann kam ein hohes, sausendes Geräusch, das mich fast taub machte. Woher kam das? War es nur in meinem Kopf? Ich hielt mich am Balkongeländer fest, senkte den Kopf und schloß die Augen: Jetzt war ich schon wieder mitten in einem Alptraum, der nie aufzuhören schien.

Ich muß einen Whisky haben, dachte ich. Ich muß in die Küche. Mir war schwindelig und übel, und so stolperte ich hinein und goß mir zitternd ein halbes Glas ein und trank ein paar große Schlucke. Es schmeckte abscheulich, ich verzog das Gesicht, aber es half sofort: Ich zitterte nicht mehr, und mir wurde klar, daß sie nicht wissen konnten, wo ihre Bombe explodiert war, zumindest noch nicht. Im Moment gab es keinen Grund zur Panik. KEINEN GRUND ZUR PANIK, wiederholte ich für mich.

Ich trank noch einen Schluck und sah den Aristokraten vor mir, sein schmales, arrogantes Gesicht, die Ohren, die eng am Kopf anlagen und die keine Ohrläppchen hatten, sondern an der Wange festgewachsen waren. Ich sah seinen Mund mit den dünnen Lippen, die sich hin und wieder zu einem kleinen, freudlosen Lächeln verzogen, und eine dumpfe Wut wuchs in meinen Eingeweiden und stieg mir zu Kopf. Ich möchte ihn töten, dachte ich. Ich möchte sie alle töten. Ich möchte sie und ihre Residenz in die Luft sprengen.

Aber irgendwie wollte ich doch bestätigt bekommen, ob der Toyota in die Luft geflogen war. Ich zog mich also an und ging hinaus. Die Eingangshalle war mit Glassplittern übersät, in den großen Fenstern zur Straße waren nur noch ein paar gezackte Ränder. Draußen blieb ich unschlüssig stehen. Während ich so da stand, kam ein Abschleppwagen mit den Resten eines unkenntlichen Personenautos aus der Garage. Obwohl er sehr langsam an mir vorbeifuhr, konnte ich nicht sicher sagen, ob es der Toyota war, so zugerichtet war das Autowrack, das die Straße hinunter verschwand.

Ich ging zur Garageneinfahrt, wo sich eine große Menschenmenge versammelt hatte. Ich versuchte, so weit wie möglich nach vorn zu kommen, aber als ich mich diskret bis in die erste Reihe durchgeschlängelt hatte und mich vorbeugte, wurde ich von einem Polizisten aufgehalten.

»Niemand kommt hier durch«, sagte er.

»Verzeihung«, antwortete ich, »aber ich glaube, daß das mein Auto war, das da in die Luft gesprengt wurde...!«

Der Polizist hob fragend die Augenbrauen.

»Ich wohne vorübergehend in diesem Haus«, sagte ich schnell. »Mein Auto, ein Toyota Corolla, parkte ganz hinten. Ich kann Ihnen den Platz zeigen.«

»Wir dürfen jetzt niemanden hineinlassen«, wiederholte der Polizist, aber er schaute sich um, als suche er jemanden.

»Warten Sie hier, ich werde meinen Chef holen«, sagte er.

»Danke«, erwiderte ich.

Als er gegangen war, wurde mir bewußt, daß alle Leute um mich herum mich mißtrauisch anstarrten, und als ich sie anschaute, wichen sie mit dem Blick aus. Glücklicherweise kam der Polizist schnell mit seinem Chef zurück. Es war ein sehr gut gekleideter Mann zwischen vierzig und fünfzig, recht gutaussehend. Er nahm mich gleich zur Seite, stellte sich als Kommissar Monod vor und fragte, ob ich einen Ausweis dabei hätte.

»Nein«, sagte ich, »aber ich wohne vorübergehend in diesem Haus, ich habe meinen Paß oben in der Wohnung.«

Monod dachte einen Moment nach:

»Sie glauben also, daß Ihr Auto explodiert sein könnte?«

»Ich befürchte es. Wenn ich den Platz sehen könnte, wo ich es gestern geparkt habe...«

Monod schaute mich ein paar Sekunden an: Mir wurde klar, daß ich in seinen Augen suspekt wirken mußte, eine Ausländerin, deren Auto in einer Garage in einem Vorort von Brüssel einem Attentat zum Opfer gefallen war. Vielleicht überlegte er, ob ich eine potentielle Terroristin war? Aber warum sollte eine Terroristin freiwillig mit der Polizei Kontakt aufnehmen?

»Okay, kommen Sie mit mir«, sagte er schließlich.

Wir gingen in die Garage, bis ganz nach hinten zu der grauen Betonwand, bis zu dem Platz, wo Antonio am Abend zuvor den Toyota abgestellt hatte. Es waren nur noch ein paar Glassplitter von dem abgeschleppten Auto zu sehen.

»Hier habe ich das Auto geparkt«, sagte ich. »Mein Auto ist in die Luft geflogen. Ein Toyota Corolla, dunkelblau.«

Der Kommissar nickte.

»Können wir hinauf in Ihre Wohnung gehen und miteinander reden?« fragte er.

»Natürlich«, sagte ich.»Man kann den Aufzug direkt von der Garage aus nehmen.«

Als wir in die Wohnung kamen, schaute Kommissar Monod sich um, ohne etwas zu sagen, und setzte sich dann an den Tisch, wo Antonio gesessen und seinen Kaffee getrunken hatte und auf dem noch die Reste des Frühstücks standen.

»Sie sind ganz offensichtlich nicht allein in der Wohnung?« stellte Monod fest.

»Nein, ich wohne hier mit einem... einem guten Freund. Er hat die Wohnung für eine Woche gemietet. Wir machen zusammen Urlaub.«

»Und wo ist Ihr guter Freund jetzt?« fragte der Kommissar, als ich mich ihm gegenübergesetzt hatte.

»Er ist schon früh aus dem Haus gegangen«, sagte ich. »Vor der Explosion. Er ist Geschäftsmann, er wollte jemanden treffen und mich später anrufen.«

Ich wollte Antonio um jeden Preis heraushalten.

Der Kommissar schaute mich an, als ob er den Wahrheitsgehalt dessen, was ich sagte, prüfen wolle. Ich begegnete seinem Blick so unschuldsvoll, wie es nur ging.

»Und wie heißt Ihr... Freund?« fragte der Kommissar.

»Antonio Gramignia.«

»Italiener?«

»Ja.«

»Und Sie?«

»Schwedin«, sagte ich widerstrebend.

»Kann ich bitte Ihren Paß sehen?«

»Ja, natürlich«, sagte ich und stand auf, um ihn im Schlafzimmer zu holen.

Monod studierte ihn eingehend. Genau wie der Aristokrat schaute er auf und fixierte mich, um zu sehen, ob das Foto auch stimmte. Dann klappte er den Paß zu und steckte ihn in die Innentasche seines hellgrauen Jacketts.

»Ich behalte ihn vorläufig«, sagte er.

Ich nickte.

»Möchten Sie eine Tasse Kaffee?« fragte ich.

»Ja, gerne.«

Aus dem Küchenfenster sah ich, wie das letzte Feuerwehrauto davonfuhr. Ich füllte die Espressokanne mit Wasser und Kaffee und machte die kleinste Gasflamme an. Während ich darauf wartete, daß der Kaffee kochte, dachte ich darüber nach, ob es wirklich so klug gewesen war, mit der Polizei sprechen zu wollen. Ich hatte das Gefühl, Antonio würde es überhaupt nicht gefallen, daß ich hier stand und einem belgischen Polizisten Kaffee kochte.

»Das Auto war also in Schweden zugelassen?« fragte Monod, als ich mit dem Kaffee kam.

»Nein, ich habe es gestern hier in Brüssel gemietet«, sagte ich. »Bei Hertz.«

»Hertz«, wiederholte Monod. »Und... haben Sie eine Ahnung, warum es explodiert ist, Madame... Madame...«

»Hall«, sagte ich. »Amanda Hall. Ich habe wirklich eine Ahnung, wer mich töten wollte. Es handelt sich um ein Attentat, da bin ich ganz sicher.«

Monod zeigte keinerlei Gefühle. Er schaute mich mit seinen grauen Augen an und schien immer noch jedes meiner Worte abzuwägen.

»Und wer ist das Ihrer Meinung nach?«

»Es handelt sich um einen gewissen Laurent Van Neill«, sagte ich.

Monod zuckte zusammen, als er den Namen hörte.

»Van Neill? Kennen Sie Monsieur Van Neill?« fragte er neutral.

»Ja, leider. Ich habe gestern zufällig seine Bekanntschaft gemacht. Es ist eine merkwürdige Geschichte.«

»Erzählen Sie«, sagte Monod und beugte sich ein bißchen vor. »Ich höre.«

Ich war mir nicht sicher, ob er mir glaubte oder ob er meine Geschichte absurd fand. Ich erzählte ihm, was am Tag zuvor geschehen war. Kommissar Monod hörte mir aufmerksam zu und schaute mich nur mit seinen unergründlichen grauen Augen an. Ein toter Ukrainer, eine Wahrheitsdroge und dann auch noch ein Mordversuch. Er registrierte meinen Bericht mit unerschütterlicher Neutralität.

Als ich fertig war, schwieg er noch eine Weile und fragte dann, ob es in der Wohnung ein Telefon gebe. Ich zeigte ihm, wo es stand, auf einem kleinen Tisch im Wohnzimmer, gleich neben dem Flur. Er wählte eine Nummer, sprach leise und kurz angebunden und kam dann zum Tisch zurück.

»Ich habe mit unserer technischen Abteilung gesprochen«, sagte er und setzte sich wieder hin. »Der Wagen, den wir abgeschleppt haben, war ein dunkelblauer Toyota Corolla.«

»Da sehen Sie«, sagte ich.

Kommissar Monod schwieg eine Weile und sagte dann:

»Eins wundert mich doch sehr, entschuldigen Sie meine Indiskretion, Madame Hall. Warum waren Sie einverstanden, mit diesem Mann, Rudenko, essen zu gehen? Sie scheinen doch bereits in männlicher Gesellschaft zu sein?«

Das war eine Frage, die ich überhaupt nicht erwartet hatte, und ich verlor kurz den Boden unter den Füßen.

»Ich... mir war langweilig«, improvisierte ich. »Antonio trifft hier in Brüssel seine Geschäftsfreunde, und ich habe tagsüber nicht viel zu tun. Ich fand Monsieur Rudenko interessant. Ich dachte mir, statt allein irgendwo zu essen, wäre es doch angenehmer in netter Gesellschaft.«

Monod nickte nachdenklich.

»Weiß Monsieur Gramignia, was Ihnen gestern widerfahren ist?« fragte er.

»Nein«, sagte ich prompt. »Er weiß nichts. Ich wollte ihn nicht beunruhigen, er hatte ja nichts mit meinem Mißgeschick zu tun.«

Monod schaute mich skeptisch an. Ich konnte ihm das wirklich nicht vorwerfen. Seine ganze bürgerliche Erscheinung – seine frischgeschnittenen Haare, sein festes, glattrasiertes Kinn und der diskrete, gutsitzende Anzug – war eine Bastion gegen das, was ich in seinen Augen an liederlichem Lebenswandel repräsentierte.

»Aber wurde Ihr Freund Gramignia nicht unruhig, als Sie gestern abend so lange weg waren?« fragte er.

»Nein, überhaupt nicht«, log ich. »Ich hatte zu ihm gesagt, ich würde versuchen, eine alte Freundin zu erreichen, und vermutlich erst spät wieder hier sein. Er selbst wollte mit einem Geschäftsfreund essen gehen, wir waren also darauf eingestellt, uns erst spät wieder hier zu treffen.«

Monod nickte erneut, und ich konnte immer noch nicht feststellen, ob er mich als glaubwürdig einstufte. Er schien nachzudenken und sagte schließlich:

»Madame Hall, wären Sie bereit, das, was Sie mir erzählt haben, vor Gericht auszusagen?«

Ohne darüber nachzudenken, wohin das führen könnte, sagte ich:

»Ja, sicher. Selbstverständlich.«

»Es ist Ihnen wohl klar, daß Ihre Anschuldigungen sehr ernst sind«, fügte er hinzu.

»Das sind keine Anschuldigungen«, sagte ich spitz. »Das sind Fakten.«

Er schaute mich an und sagte dann:

»In einem Gerichtssaal nennt man so etwas Anschuldigungen.«

Oh, ein Gerichtssaal. Der Gedanke gefiel mir. Ich konnte mir gut vorstellen, ein paar Anschuldigungen gegen den Aristokraten und seinen Anhang in einem Gerichtssaal vorzubringen. So weit hatte ich zwar noch nicht gedacht, aber jetzt witterte ich Morgenluft: So würde ich vielleicht den Aristokraten und diesen Van Neill drankriegen, ich könnte mich vielleicht rächen, indem ich sie öffentlich entlarvte.

Kommissar Monod schwieg eine Weile und dachte nach.

»Okay«, sagte er. »Ich werde mich mit Monsieur Van Neill in Verbindung setzen und mir seine Version der gestrigen Ereignisse anhören.«

Dann schaute er mich lange an und sagte:

»Wenn ich das gemacht habe, laß ich wieder von mir hören. Bis dahin rate ich Ihnen, hierzubleiben. Wenn Sie mich brauchen, dann rufen Sie mich unter meiner Durchwahl an.«

Er gab mir ein gedrucktes Kärtchen und schrieb sich dann die Nummer der Wohnung auf. Ich begleitete ihn in den Flur.

»Ich werde versuchen, Sie nach dem Essen anzurufen«, sagte er.

9

Als ich die Tür hinter ihm zugemacht hatte, fiel mir ein, daß Antonio ja gegen zwölf anrufen wollte. Ich warf einen Blick auf meine Uhr: Es war kurz nach elf. Was sollte ich zu ihm sagen? Wenn ich von der Explosion erzählen würde, dann müßte ich ihm auch sagen, daß ich mit der Polizei Kontakt aufgenommen hatte und vielleicht sogar in einem Prozeß gegen Van Neill und seinen Schwiegersohn aussagen würde. Ich war sicher, daß diese Neuigkeiten Antonio nicht gefallen würden. Ich beschloß, ihm nichts zu sagen und so noch eine Frist zu bekommen. Er würde auf keinen Fall vor ein Uhr zurück sein, ich hätte also noch etwas Zeit.

Ich setzte mich aufs Sofa, zog die Beine hoch und versuchte, mir eine Strategie zurechtzulegen, während ich auf Antonios Anruf wartete. Zuerst analysierte ich angestrengt die Situation, ich wollte herausfinden, ob Antonio in Gefahr kam, weil ich mich bei der Polizei gemeldet hatte, aber ich kam zu dem Schluß, daß er durch seinen falschen Namen geschützt sein mußte. Sobald er zurückkam, könnte ich ihm sagen, daß ich endlich Susanna erreicht hätte. Dann würden wir zusammen die Wohnung verlassen und zu dem neu gemieteten Auto gehen, um zu Susannas Adresse zu fahren. Dort würde Antonio mich absetzen, ohne zu kontrollieren, ob Susanna zu Hause war. Und dann würde er logischerweise weiter nach Mailand fahren. Allein. Sobald Antonio Brüssel verlassen haben würde, könnte ich Monod anrufen und ihm sagen, daß mein guter Freund leider überstürzt nach Mailand habe zurückkehren müssen und daß ich selbst den nächstbesten Zug nach Paris zu nehmen gedächte, weil da eine Freundin auf mich wartete. Ich könnte ihm die Nummer von Marthas kleinem Hotel im Quartier Latin geben und sagen, daß ich bereit wäre, jederzeit wieder nach Brüssel zu kommen, falls es ein Gerichtsverfahren gegen Van Neill und den Aristokraten gäbe. Wenn Jurij Rudenko wirklich Rechtsextremist war, wie Antonio behauptete, müßte er den westeuropäischen Sicherheitsdiensten ja bekannt sein, und wenn der Aristokrat angeklagt würde, gäbe es vielleicht gewisse Möglichkeiten, die geheimen Kontakte von Van Neill aufzudecken. Und wenn meine Geschichte bekannt würde, konnte ich dem Aristokraten und Van Neill den zweiten Schlag versetzen, nachdem Antonio den härtesten und wichtigsten ausgeteilt hatte.

Antonio rief kurz vor zwölf an. Er sagte, er müsse mit seinem guten Freund in der Stadt zu Mittag essen, alles werde etwas länger dauern, als er geglaubt habe.

»Das ist schon in Ordnung«, sagte ich. »Mach dir um mich keine Sorgen.«

»Iß eine Kleinigkeit, Liza, und warte, bis ich dich wieder anrufe, am Nachmittag.«

»Okay«, sagte ich, »ich warte.«

Noch eine willkommene Frist. Jetzt war es gut möglich, daß Monod vor Antonio anrief. Ich hatte nichts anderes zu tun, als zu warten, dieses Mal auf Monods Anruf.

Es war inzwischen ein Uhr, und ich machte den Fernseher im Wohnzimmer an. Ein weißhaariger Mann mit bittendem und engagiertem Blick sprach zu den Zuschauern. Schon bevor sich die Stimme des Sprechers über die Stimme des Mannes legte und zusammenfaßte, was der weißhaarige Mann gesagt hatte, ahnte ich, daß das Carlo Massini war. Normalerweise hätte er mich nicht interessiert, aber jetzt schaute ich plötzlich sehr gespannt zu. Massini mahnte in klaren und deutlichen Worten zu einem entschlossenen Vorgehen gegen den Faschismus in all seinen Formen und betonte, wie ernst die Situation war: Die faschistischen Kräfte waren schon dabei, aktiv und entschlossen die demokratische Gesellschaft zu unterwandern, und wenn wir uns weiterhin weigerten, der Wahrheit ins Auge zu sehen und die Dinge beim rechten Namen zu nennen, dann hätten wir bald eine Situation mit katastrophalen Folgen. Es müsse Schluß sein mit der Nachsichtigkeit, Schluß mit den Kompromissen im Namen der Demokratie, wenn die Zivilisation überleben wolle. »Ich werde mich ganz dieser Aufgabe widmen«, sagte Massini, als die Stimme des Sprechers ausgeblendet wurde und Massini zum Schluß noch einmal selbst sprechen konnte.

Seine Erscheinung auf dem Bildschirm im Wohnzimmer unterstützte mich zusätzlich in meinem Vorhaben: Ein Schlag gegen Van Neill & Co hatte jetzt auch den persönlichen Segen des EU-Präsidenten.

Nach Massini kamen die Auslandsnachrichten. Überall Konflikte und Blutbäder, und sicher fanden noch Tausende von Konflikten statt, über die die Medien nicht berichteten, weil es zu viele Kriege gab, die seit Jahren stattfanden, zu viele neue Konfliktherde, die in neuen Kriegen explodierten, zu viele Menschen, die getötet oder verstümmelt oder in schreckliche Lager getrieben wurden.

Nach einem Bericht über die eskalierende Gewalt in Kaschmir war ich plötzlich wieder zurück in Belgien und starrte auf die Straße vor dem Mietshaus, in dem ich mich selbst gerade befand. Ich sah Rauchschwaden aus der Garage kommen, ich hörte eine aufgeregte Stimme, die über eine Explosion in einer Garage in einem Vorort berichtete. Die Polizei untersuche den Vorgang, man habe noch nicht den kleinsten Hinweis, hieß es. Es wurde nicht gesagt, wem das zerstörte Auto gehört hatte.

Ich machte den Fernseher wieder aus, ging zum Fenster und schaute hinaus. Die Straße sah wieder normal aus, betrügerisch ruhig und friedlich. In der nachmittäglichen Hitze war kein Mensch zu sehen. Ich ging wieder in die Küche, um noch einen Kaffee zu machen, und da klingelte das Telefon.

»Hallo?« meldete ich mich zögernd.

Es konnte ebensogut Antonio wie Monod sein. Aber es war Monod.

»Ich habe mit Monsieur Van Neill gesprochen«, sagte er und ließ die Worte in der Luft hängen.

»Ja?«

»Er behauptet mit Bestimmtheit, nie von Ihnen gehört zu haben, noch weniger, Sie unter so merkwürdigen Umständen, wie Sie mir berichtet haben, getroffen zu haben. Der Name Amanda Hall sagt ihm überhaupt nichts.«

»Aber das ist doch nicht möglich!« rief ich aus.

»Ich habe auch seinen Schwiegersohn gesprochen und zwei der Angestellten. Sie hatten auch keine Ahnung, wer Sie sind. Sie sagen alle übereinstimmend, daß sie gestern keinerlei Besuch hatten.«

»Und Rudenko?« rief ich. »War er auch nicht dort?«

»Ganz richtig, Madame Hall. Sie haben noch nie von einem Ukrainer namens Jurij Rudenko gehört, und es ist auch niemand auf ihrem Anwesen an Herzschlag gestorben. Sie leugnen alles.«

»Und Sie glauben ihnen?« fragte ich.

»Das habe ich nicht gesagt. Ich sage nur, daß niemand in Monsieur Van Neills Residenz verstand, wovon ich sprach. Ich habe alle Krankenhäuser in Brüssel kontrollieren lassen. Nirgends ist ein Fall, wie Sie ihn schildern, bekannt.«

»Das ist doch klar, daß sie mit Rudenkos Leiche nicht in ein normales Krankenhaus gefahren sind!« sagte ich.

Beinahe hätte ich noch hinzugefügt, daß Rudenko ja ein bekannter internationaler Terrorist war, aber ich bremste mich gerade noch im letzten Moment.

»Ich will damit sagen, die haben bestimmt andere Kontakte«, fügte ich hinzu.

Monod machte eine kleine Pause.

»Das mag wohl sein«, sagte er dann. »Aber ich habe keine Möglichkeit, das zu kontrollieren. Es sieht also nicht so aus, als ob wir da weiterkämen, Madame Hall. Soweit ich sehe, haben Sie keine Zeugen. Niemand hat gesehen, wie Sie auf das Anwesen fuhren oder daß Sie es gestern abend verließen, nicht wahr?«

»Wie sollte ich Zeugen dafür haben?« Ich lachte auf. »Also, selbst wenn ich ein Auto oder einen Fußgänger gesehen hätte, so wäre ich doch nicht stehengeblieben und hätte sie gebeten, sich an mich zu erinnern! Außerdem scheint es in dieser Straße nie Menschen zu geben.«

»Dann wird man nicht viel machen können, Madame Hall«, sagte Monod neutral.

Ich war eine vollkommene Idiotin gewesen. Was hatte ich

mir eigentlich eingebildet? Daß die Faschisten lieb und nett die Wahrheit sagen würden? Eine vage Furcht beschlich mich. Hatte ich einen großen Fehler gemacht, indem ich Monod meine Geschichte erzählt hatte? Jetzt hatten sie womöglich noch mehr Gründe, mich aus dem Weg zu räumen.

»Und das Café«, sagte ich jämmerlich. »Wir haben ja immer noch das Café, in dem ich Rudenko kennengelernt habe. Wir könnten hinfahren und mit der Bedienung sprechen. Ich bin sicher, daß sie sich an mich erinnert.«

»Sie bleiben also immer noch bei Ihrer Version des gestrigen Geschehens?« fragte Monod.

»Es ist die Wahrheit, wie merkwürdig es auch klingen mag«, sagte ich. »Warum sollte ich so eine Geschichte erfinden?«

Monod antwortete nicht auf meine rhetorische Frage.

»Und was ist mit Hertz und dem Auto?« fragte ich, um Zeit zu gewinnen. »Deckt die Versicherung solche Fälle?«

Monod sagte, er werde das mit der Autoverleihfirma in die Hand nehmen, ich bräuchte mich nicht darum zu kümmern.

»Dafür bin ich Ihnen sehr dankbar«, erwiderte ich.

Monod machte wieder eine Pause.

»Okay«, sagte er abrupt, »ich komme in einer halben Stunde und hole Sie ab, dann fahren wir in dieses Café.«

Während ich auf ihn wartete, versuchte ich, meine Moral damit zu stärken, daß noch nicht alles verloren war: Wenn die Bedienung meine Angaben über den Mann, mit dem ich Bier getrunken hatte, bestätigte, würde das bestimmt meine Geschichte in Monods Augen glaubhafter machen.

Jetzt gab es nur noch das Problem, daß Antonio vielleicht anrief, während ich mit Monod in der Stadt war. Mein Ausflug würde mindestens eine Stunde dauern. Wenn Antonio anrief und niemand dranging, würde er vielleicht unruhig werden, schnell in die Wohnung fahren und dort ankommen, bevor ich wieder zurück war. Für alle Fälle schrieb ich ihm eine Nachricht, daß ich kurz das Haus hätte verlassen müssen, und legte den Zettel auf den Sofatisch.

Wenn ich allerdings vor Antonio zurückkäme und er anrufen würde und mich fragen, warum ich nicht ans Telefon gegangen wäre, dann könnte ich sagen, daß ich geschlafen und nichts gehört hätte.

Monod war sehr pünktlich. Wir gingen zu seinem Auto. Auf der Fahrt war er nicht sehr gesprächig. Ich allerdings auch nicht. Ich hatte das Gefühl, das Spiel sei schon vorbei; auch wenn die Bedienung da wäre und den Beginn meiner Geschichte bestätigen könnte, dann war das so lächerlich wenig, wenn man einen Mann wie Van Neill als Gegner hatte.

»Was hält man eigentlich hier in Belgien von Herrn Van Neill?« fragte ich schließlich. »Wird über ihn in den Zeitungen geschrieben, sieht man ihn im Fernsehen?«

Monod zuckte leicht mit den Schultern.

»Nicht sehr oft«, sagte er. »Monsieur Van Neill strengt sich nicht an, ins Rampenlicht zu kommen. Er hält sich meist im Hintergrund, und die meisten Leute haben sicher noch nie von ihm gehört.«

Als wir uns dem Zentrum näherten, hatte ich wieder das Gefühl, daß Brüssel ganz unwirklich war und ich mich in einem Alptraum befand, der nicht aufhörte. Die Menschen auf der Straße sahen noch merkwürdiger aus als sonst, als ob sie sich gar nicht mehr bemühen würden, so auszusehen, als gehörten sie hierher. Sie liefen herum und sahen abwesend aus, zerstreut und mit ihren eigenen Geheimnissen beschäftigt. Und die Hitzewelle wurde immer schlimmer. Es waren inzwischen sicher fünfunddreißig Grad im Schatten. Monod zog sein Jackett aus, als er ausstieg. Er legte es über den Arm, als wir Richtung Grand' Place gingen.

In dem Café hatte dieselbe junge Bedienung Dienst, es waren auch heute nicht viele Gäste da. Als Monod sich vorgestellt hatte, sah ich Mißtrauen in ihren hellen, wäßrigen Augen aufblitzen und begriff, daß alles vergebens gewesen war. Sie wandte sich zu mir und schaute mich ausdruckslos an, und als Monod höflich fragte, ob sie mich wiedererkenne, hob sie nur ein wenig die Augenbrauen und sagte:

»Nein, wirklich nicht.«

»Aber ich war doch gestern hier. Ich saß da drüben«, sagte

ich und zeigte auf den Tisch, an dem Rudenko und ich gesessen hatten. »Und am Fenster saß ein Mann, der mich fragte, ob er sich zu mir setzen dürfe. Er hat auch unsere Rechnung bezahlt, als wir zusammen das Lokal verließen, so gegen halb zwölf.«

Sie zuckte mit den Schultern.

»Ich sehe jeden Tag so viele Leute«, sagte sie. »Ich kann mich unmöglich an jedes Gesicht erinnern.«

»Er war ein bißchen über vierzig«, sagte ich. »Nicht sehr groß, ein bißchen beleibt, mit dunkelblonden Haaren. Er trug Jeans und ein kariertes Hemd.«

Bei jedem Wort, das ich sagte, merkte ich, wie sinnlos meine Rede war: ein Mann von alltäglichem Aussehen, angezogen wie Tausende. Wieso sollte sie sich ausgerechnet an ihn erinnern. Sie erinnerte sich ja nicht einmal an mich, obwohl ich direkt vor ihr stand.

»Leider«, sagte sie, »kann ich Ihnen nicht helfen.«

Aber irgendwie hatte ich das Gefühl, daß sie log. Vielleicht war einer von Van Neills Untertanen schon hier gewesen und hatte sie bedroht oder ihr einfach ein paar Scheine zugesteckt. So gut besucht war das Lokal wirklich nicht, oder war es Zufall, daß immer wenn ich hereinkam, so wenig Menschen da waren?

Das war also das Ende dieser Geschichte, dachte ich. Ich hatte es versucht und war gescheitert. Meine letzte kleine Hoffnung verblaßte endgültig. Van Neill und dem Aristokraten war nicht beizukommen.

»Tja dann«, sagte Monod zur Bedienung. »Vielen Dank für die Hilfe, und entschuldigen Sie die Störung.«

Wir gingen wieder in die glühende Sonnenhitze hinaus. Mir blieb nur noch, mich von Monod zurückfahren zu lassen und zu hoffen, daß Antonio inzwischen nicht angerufen hatte.

»Dürfte ich Sie einladen, etwas mit mir zu trinken?« fragte Monod überraschend, als wir schon fast wieder bei dem geparkten Auto waren.

Eigentlich hätte ich ablehnen und ihn bitten müssen, mich

wieder zurückzufahren, aber ich fühlte mich so verlassen, daß es mir auf zehn Minuten mehr oder weniger nicht ankam. Antonio würde doch die ganze Geschichte erfahren. Was spielte es für eine Rolle, ob er dann noch ein bißchen länger warten müßte?

»Ich möchte nicht, daß Sie die Angelegenheit mißverstehen«, sagte Monod, als wir uns in eine große Brasserie im Zentrum gesetzt hatten. »Ich stehe auf keiner Seite. Die Situation ist nur die, daß Sie keine Chance haben, ganz gleich ob Ihre Geschichte wahr ist oder nicht.«

»Sie glauben mir also nicht?«

Er lächelte und hob die Schultern.

»Ich glaube gar nichts, Ihre Geschichte kann wahr sein und reine Erfindung«, sagte er.

Im Prinzip hatte er ja recht, ich nickte also.

»Madame Hall«, sagte er dann und fixierte mich mit seinen grauen Augen. »Ich habe von meinen schwedischen Kollegen einige Informationen über Sie bekommen. Sie waren eine Zeitlang Mitglied einer anarchistischen Gruppe, stimmt das?«

Es war kaum eine Überraschung, daß meine damalige politische Überzeugung registriert worden war; ich trank also in Ruhe einen Schluck von dem Bier, das gerade gekommen war, und sagte:

»Das ist alles zehn Jahre her. Aber vor zehn Jahren gehörte ich zu einer losen Gruppe, und wir nannten uns Anarchisten.«

Monod beugte sich ein wenig vor, offensichtlich interessiert.

»Wir gaben eine Zeitschrift heraus«, fügte ich hinzu. »Wir warfen keine Bomben oder so.«

Erst da ging mir auf, daß Monod vielleicht die Story geglaubt hatte von den Gruppen, die manchmal die Verantwortung übernahmen für Attentate, hinter denen die extreme Rechte stand. Er dachte vielleicht, ich sei Mitglied in einer der fiktiven Gruppen, die Antonio erwähnt hatte und deren Namen von den Medien verbreitet wurden. Und warum sollte er diesen Verdacht nicht haben, wenn man es recht bedachte. Es war schließlich die offizielle Version, der die meisten Leute glaubten, ganz einfach deshalb, weil sie keinen Grund hatten, sie nicht zu glauben.

»Und was geschah mit dieser Gruppe?« fragte Monod.

»Tja, wir… wir stellten nach ein paar Jahren unsere Zeitschrift ein. Und wir treffen uns auch nicht mehr regelmäßig. Mit einigen habe ich noch Kontakt, es sind einfach gute Freunde. Aber wir haben zur Zeit irgendwie andere Probleme«, sagte ich.

Monod nickte nachdenklich.

»Aber egal wie, ich habe mich seit Ewigkeiten nicht mehr um Politik gekümmert«, fügte ich dann noch hinzu. »In diese Geschichte bin ich rein zufällig hineingeraten. Wenn ich gewußt hätte, was mir in Brüssel geschehen würde, wäre ich nie hierhergekommen.«

Zum ersten Mal verzog Monod den Mund.

»Ich kann verstehen, daß Sie keinen sehr angenehmen Eindruck von unserer Stadt haben«, sagte er, und es klang so, als ob er mir sagen wollte, daß er meine Geschichte mit Van Neill wirklich glaubte, als ob er mir im letzten Moment eine kleine persönliche Karte zustecken würde. Sehr diskret. Es lud nicht zu weitergehenden Konversationen ein. Wir tranken unser Bier aus, und dann fuhr Monod mich wieder in den Vorort hinaus. Wir schwiegen fast den ganzen Weg. Ich überlegte mir die Strategie für Antonio: Ich würde ihm von der Explosion berichten müssen, aber über den Kontakt zur Polizei müßte ich nichts mehr erzählen. Ich könnte sagen, daß ich selbst in der Garage war und sah, daß der Toyota nicht mehr auf dem Platz stand. Und ich hätte es ihm bei seinem ersten Anruf nicht erzählt, weil ich ihn nicht beunruhigen wollte.

Monod fuhr langsamer und parkte direkt vor dem Hauseingang. Er ließ den Motor laufen und wandte sich zu mir:

»Falls wider Erwarten noch etwas geschehen sollte, werde ich mich bei Ihnen melden. Wir haben Ihre Adresse in Stockholm«, sagte er.

»Ja, natürlich«, antwortete ich.

»Es tut mir leid«, sagte Monod. »Aber mit Männern wie Van Neill… doch das wissen Sie ja selbst.«

Er zuckte leicht mit den Schultern und drückte mir formell die Hand, eine unbequeme Bewegung, weil wir nebeneinander im Auto saßen.

Als ich ausgestiegen war, blieb ich noch eine Weile stehen und sah Monod hinterher. Es war schrecklich heiß. Ich blinzelte in die starke Sonne und stand ganz still, bis Monods Auto außer Sicht war. Weit weg hörte man das dumpfe Brausen des Verkehrs.

Alles war vorbei. Es war nur noch eine Frage von Stunden, und ich würde mich von Antonio trennen, vermutlich für immer.

Er war noch nicht zurück, mein Zettel für ihn lag immer noch auf dem Sofatisch. Ich zerknüllte ihn und steckte ihn in meine Handtasche. Dann ging ich in die Küche und schaute in den Kühlschrank. Als erstes sah ich die Flasche mit dem weißen Gavi-Wein, den hatte ich ganz vergessen. Ich machte sie auf und goß mir ein Glas ein. Ich war überhaupt nicht hungrig. Tagsüber habe ich meistens keinen Hunger, erst gegen Abend denke ich ans Essen. Ich setzte mich mit dem Weinglas aufs Sofa. Ich hatte so ein Gefühl, daß alles vorbei sei, aber ich war nicht erleichtert, nur verwirrt und enttäuscht: Sobald Antonio käme und ich vom Toyota und dem Mordversuch erzählt hätte, würden wir die Wohnung verlassen. Antonio würde mich am Midi-Bahnhof absetzen, wir würden uns trennen und vermutlich nie wiedersehen. Ich würde nach Paris weiterreisen, aber ohne Begeisterung. Ein dumpfer Kopfschmerz drückte gegen die Schläfen, und auch meine Periode konnte jederzeit kommen.

Dann begann ich mit dem Gedanken zu spielen, einfach zu gehen, sofort, ehe Antonio zurück war, und als ich den Gedanken zu Ende gedacht hatte, konnte ich mich nicht mehr dagegen wehren. Auf mich wartete doch nur noch der Abschied. Ich konnte einen neuen Zettel schreiben und Antonio sagen, daß ich den Toyota zu Hertz zurückfahren würde und dann weiter zum Bahnhof ginge und den erstbesten Zug nach Paris nähme. Vermutlich hatte Antonio überhaupt noch nichts von der Explosion gehört – die einzige Chance wäre gewesen, daß er mittags die Fernsehnachrichten gesehen hätte, in einer Bar oder so, aber das Risiko mußte ich eingehen – ich brauchte ihm nicht zu erzählen, was ich alles erlebt hatte, seit er gegangen war. Dann würde ich ein Taxi bestellen und verschwinden. Je länger ich darüber nachdachte, desto mehr lockte mich der Gedanke. Als ich mein Glas ausgetrunken hatte, stand ich auf, ging ins Badezimmer und sammelte schnell meine Toilettesachen zusammen. Ich hatte nicht viel ausgepackt, es war also schnell alles wieder eingepackt. Im Schlafzimmer brauchte ich bloß das Nachthemd vom Doppelbett zu nehmen, ein trauriger Erinnerungsfetzen. Wir hatten uns nie in diesem Bett geliebt, wir hatten keine Nacht in Ruhe miteinander geschlafen.

Aber als ich fertig war und ein Taxi anrufen wollte, entstand ein unerwartetes Problem: Ich fand in der ganzen Wohnung kein Telefonbuch und hatte auch keine Ahnung, mit welcher Nummer ich die Auskunft erreichen könnte. Müßte ich meinen Koffer zu Fuß zur nächsten Telefonzelle schleppen? Aber dann fiel mir ein, daß ich ja bei einem Nachbarn klingeln und mein Problem erklären könnte und dann Hilfe bekäme. Das schien die einfachste Lösung zu sein. Ich hatte es eilig, Antonio konnte jeden Moment anrufen. Ich kontrollierte, daß ich den Wohnungsschlüssel in der Handtasche hatte, und ging in den Flur. Da zögerte ich plötzlich: Ich sah Antonios Lächeln vor mir und dachte, ich kann ihn doch nicht einfach so verlassen, aber dann nahm ich mich zusammen und machte die Wohnungstür auf, ging ins Treppenhaus und schloß die Tür hinter mir. An der Tür gegenüber war kein Namensschild, ich fand auch keine Klingel. Ich hatte gerade die Hand erhoben, um anzuklopfen, als mich jemand von hinten am Handgelenk packte und mir den Arm auf den Rücken drehte. Gleichzeitig wurde mir eine schwere, kalte Hand auf den Mund gelegt, und ich bekam keinen Ton heraus. Ich wurde eine halbe Drehung gedreht und zur Wohnungstür zurückgeschubst.

»Aufschließen«, zischte eine leise Stimme auf französisch. »Sonst brech ich dir den Arm ab.«

10

Mit meiner freien Hand suchte ich nach dem Schlüssel in meiner Schultertasche, und erstaunlicherweise fand ich ihn sofort. Irgendwie schaffte ich es auch, ihn ins Schloß zu stecken und aufzuschließen.

Der Mann hinter mir schubste mich in den Flur. Der Griff um mein Handgelenk lockerte sich, aber er drückte mich immer noch gegen seinen Bauch und hielt mir mit der Hand den Mund zu.

»Wenn du schreist, erschieße ich dich«, sagte der Mann leise, und im gleichen Moment nahm er die Hand von meinem Mund, und ich spürte einen harten Gegenstand im Rücken.

Ich keuchte, sagte aber nichts.

»Bist du allein?« fragte der Mann hinter mir.

Ich nickte, ohne einen Ton herauszubekommen.

»Da hinein«, sagte der Mann und drückte mir die Pistole noch tiefer in den Rücken.

Langsam ging ich vor ihm ins Wohnzimmer. Mitten im Zimmer blieb er stehen. Dann stieß er mich mit der Pistole in Richtung eines der Sessel.

»Setzen«, sagte er.

Ich taumelte in den Sessel und schaute den Mann an, der die Pistole auf mich gerichtet hatte: Es war der Untertan des Aristokraten, der mich aus dem Restaurant wiedererkannt hatte. So aus der Nähe, allein mit ihm, wirkte er noch massiver. Er sah aus, als könnte er einen Menschen mit einem einzigen Schlag töten. Sein Gesicht war beinahe parodistisch grob und verkniffen.

»Wie haben Sie mich gefunden?« fragte ich.

»Wir finden immer die Leute, nach denen wir suchen«, sagte er. »Und wir werden auch diesen Gramignia finden. Und du wirst uns dabei helfen.«

»Aber ich weiß nicht, wo er ist!« rief ich verzweifelt.

»Ich warne dich«, sagte der Mann. »Wir bekommen immer heraus, was wir wissen wollen. Es wäre doch schade, wenn ich dein hübsches Gesicht kaputtschlagen müßte.«

»S'il vous plaît«, röchelte ich. »Er ist in der Stadt... er sagte, er rufe am Nachmittag an. Er kann jeden Moment anrufen.«

Der Mann überlegte eine Weile.

»Wo ist das Telefon?« fragte er.

»Da drüben.«

Ich nickte in Richtung des Tischchens an der Wand neben dem Flur. Neben dem Telefon stand ein Zinnkrug mit Trockenblumen. Er warf einen Blick über die Schulter, und dann betrachtete er mich schweigend mit seinen kalten grauen Augen.

»Da werden wir halt zusammen warten müssen«, entschied er.

Er trat einige Schritte auf mich zu, dann beugte er sich vor und hob mit dem Revolver unter meinem Kinn mein Gesicht hoch, so daß ich ihn anschauen mußte.

»Wenn er anruft, nimmst du ab«, sagte er. »Du wirst so tun, als ob alles normal sei, und ihm sagen, daß du dich danach sehnst, daß er zurückkommt. Und versuch bloß nicht, mich auszutricksen.«

Er ließ langsam die Pistole sinken, blieb aber dicht vor mir stehen. Mir war übel vor Angst, und ich starrte ihm direkt auf den Schritt. Wie lange würde er in dieser obszönen Position vor mir stehen bleiben?

Plötzlich ging ein Adrenalinstoß quer durch meine Übelkeit, und ehe ich darüber nachdenken konnte, was ich tat, lehnte ich mich zurück, holte aus und trat ihm dann mit einem Fuß aus aller Kraft in die Hoden, es war eine Kraft, die wie Lava aus einem explodierenden Vulkan strömte.

Mit dumpfem Stöhnen torkelte mein Peiniger gegen den Couchtisch und schlug sich den Kopf an der Tischkante an. Dann fiel er mit einem Krachen zu Boden und blieb unbeweglich auf dem Rücken liegen. Die Pistole war ihm aus der Hand gefallen und über das Parkett geschlittert. Ich blieb wie gelähmt sitzen und starrte den Mann an. Dann wanderte mein Blick zum Boden und zu der Pistole. Sollte ich es wagen, aufzustehen und sie an mich zu nehmen? Oder war es nur ein Trick? Würde der Mann mich packen, wenn ich näher käme? Ich blieb lange so sitzen, mein Herz klopfte wie wild vor Aufregung. Da sah ich plötzlich ein kleines Rinnsal aus Blut, das langsam aus seinem Hinterkopf in den hellen Teppich unter dem Couchtisch floß. Seine Augen starrten ins Leere, seine groben Gesichtszüge hatten ihre Angespanntheit verloren, waren gleichgültig ruhig geworden. Ganz allmählich wurde mir klar, daß er tot sein mußte.

Ich spürte kein Entsetzen. Im Gegenteil. Der Schreck ließ nach, ich schaute ihn immer noch an, mein Herz schlug allmählich wieder normal. Tot sah er tatsächlich menschlicher aus. Wenn man die Art von Bekanntschaft mit ihm gemacht hatte wie ich gerade, konnte man erleichtert darüber sein, daß er so still und friedlich dalag. Aus dem Spiel war.

Schließlich stand ich auf und ging zur Pistole, aber kurz bevor ich sie aufheben wollte, bremste ich mich: Was sollte ich damit jetzt noch? Die Gefahr war vorbei. Und meine Fingerabdrücke darauf zu hinterlassen war bestimmt keine gute Idee.

Da klingelte das Telefon.

»Liza«, sagte Antonio, »es tut mir leid, daß es so lange gedauert hat. Wie geht es dir?«

»Gut«, hörte ich mich selbst sagen.

»Hast du zu Mittag gegessen?«

»Gegessen? Doch... ich habe eine Kleinigkeit gegessen.«

»Gut. Hör mir jetzt zu: Fahr mit dem Auto in die Stadt und gib es bei Hertz ab. Ich habe ein neues Auto gemietet. Ich warte in einer Bar auf dich. Wenn du hier bist, fahren wir zusammen in die Wohnung zurück und holen unsere Sachen.

Dann verlassen wir Brüssel. Ich bringe dich zum Bahnhof und sehe zu, daß du auf einen Zug kommst.«

»Okay«, sagte ich. »Wo bist du?«

»In der Bar schräg gegenüber von Hertz.«

»Ich bin in etwa einer Stunde da«, sagte ich.

»Ich warte auf dich, Cara.«

Als ich aufgelegt hatte, kam mir der Gedanke, daß der Mann, der vor mir tot auf dem Boden lag, möglicherweise nicht allein gekommen war. Natürlich nicht! Irgendwo wartete jemand auf ihn. In der Eingangshalle, vor dem Eingang, in einem geparkten Auto vor dem Haus. Ich würde es vielleicht nicht einmal bis in ein Taxi schaffen, wie auch immer ich eins bekommen würde, und auch wenn mir das gelänge, würde mich bestimmt jemand verfolgen. Im schlimmsten Fall könnte der Mann, der unten wartete, schon ungeduldig werden und sich fragen, wo der andere blieb, und vielleicht war er sogar schon auf dem Weg hierher, um nachzusehen, was passiert war. Wie komme ich bloß unbemerkt aus der Wohnung?

Ich kämpfte gegen die aufsteigende Panik an, ging zum Fenster und schaute vorsichtig hinter dem Vorhang hinaus. Auf der Straße parkten ein paar Autos, aber ich konnte nicht erkennen, ob jemand drin saß oder nicht. Ich versuchte, vernünftig zu denken, doch ich zitterte am ganzen Körper, und auch mein Herz schlug wieder wie wild. Der bloße Gedanke, die Wohnungstür aufzumachen, verursachte mir Übelkeit. Aber ich mußte die Wohnung ja verlassen, ich hatte keine Wahl. Ich konnte nur zum Himmel bitten, nicht schon im Treppenhaus niedergeschlagen zu werden.

Als ich meine Handtasche geschnappt hatte und sie umhängen wollte, fiel mein Blick auf die Pistole am Boden. Wenn ich nun schon eine Pistole am Hals hatte, warum sollte ich sie nicht als Schutz in dieser prekären Situation an mich nehmen. Ich bückte mich und überlegte: Sie war nicht sehr groß, sah aber massiv und schwer aus. Und woher weiß man, ob sie entsichert ist oder nicht? Ich nahm sie dann mit einer Hand und hielt sie vor mir und schlich auf lautlosen schwarzen Turnschuhsohlen in den Flur. Da bemerkte ich, daß die Tür ein Guckloch hatte. Ich schaute durch die kleine Glasscheibe, konnte in dem sich zeigenden Blickfeld nichts sehen.

Mit der freien Hand drehte ich den Schlüssel so vorsichtig wie möglich im Schloß und stieß die Tür auf. Im Treppenhaus war es völlig still. Ich spähte die Treppe nach oben und nach unten. Nichts. Aber das hieß ja nicht, daß nicht jemand im Hinterhalt stand, eine Treppe weiter oben oder weiter unten. Ich schloß die Tür ganz leise und blieb einen Moment stehen. Ich hörte nur mein Herz schlagen.

Dann ging ich lautlos die Treppe hinunter, meine eine Hand glitt den Handlauf entlang, in der anderen hatte ich die Pistole. Der Treppenabsatz des dritten Stockwerks war ebenfalls leer. Auch im zweiten Stock war es still und leer. Ich blieb stehen und überlegte, ob ich den Aufzug zum Eingang nehmen sollte. Die Aufzugtür hatte ein Fenster, und der Aufzug hielt eine halbe Treppe oberhalb des Eingangs. Durch das Fenster würde ich die ganze Eingangshalle und auch ein Stück der Straße sehen können. Ich drückte auf den Knopf und wartete. Hinter einer Tür bellte ein Hund laut und aufdringlich, und ich schrak zusammen. Da kam der Aufzug, ich schlüpfte dankbar hinein und glitt das letzte Stück nach unten.

Durch das Aufzugfenster sah ich, daß auch die Eingangshalle leer war. Auf der gegenüberliegenden Straßenseite stand ein Auto, aber es saß niemand drin. Ehe ich den Aufzug öffnete, ließ ich die Pistole in meine Schultertasche gleiten. Ich spähte den kleinen Flur links vom Aufzug entlang. Ganz hinten war eine Tür. Wohin sie wohl führte? In den Keller? Eine Abstellkammer? Oder auf einen Hof? Ich schlich mich schnell hin und drückte die Klinke herunter. Zu meinem Erstaunen ging die Tür auf, und ich stand sofort draußen in der Sonne. Gegenüber war genauso ein Mietshaus wie hinter mir. Auf der einen Seite war eine kleine Gasse, sie führte vermutlich zur nächsten Querstraße. Ich lief schnell hinüber.

Als ich auf der Straße war, drehte ich mich um. Niemand

schien mir zu folgen. Die Straße war still und menschenleer und vibrierte in der heißen Nachmittagssonne. Ich ging schnell in Richtung Zentrum. Ein Mann mit einem zu dicken Hund kam mir entgegen, und als wir aneinander vorbeigingen, schaute er mich an und murmelte ein höfliches »Bonjour Madame«. Ich murmelte ebenso höflich einen Gruß und ging in raschem Tempo weiter.

Nach einem Häuserblock steigerte ich mein Tempo und fing an zu joggen. Ich fühlte mich plötzlich sehr leicht und fit, als ob ich einen Wettkampf liefe, den ich sicher gewinnen würde. Nach einer Weile begann ich zu keuchen, doch dann kam ich in die zweite Atmung und hatte das Gefühl, ewig weiterlaufen zu können, high von der enormen Energie, die die Todesangst in mir ausgelöst hatte.

Bei meinem Lauf durch den Vorort hielt ich nach einer Telefonzelle Ausschau oder nach einem Geschäft, in dem es vielleicht ein Telefon gab, aber es sah nicht so aus, als ob man in dieser Gegend telefonieren konnte. Erst nach ein paar Kilometern lief ich langsamer und schaute mich um. Niemand schien mir zu folgen, kein Fußgänger, kein Auto. War ich frei?

Von weitem sah ich eine Frau, die mit der einen Hand einen Kinderwagen schob und an der anderen einen kleinen Jungen hatte. Ich fuhr mir mit der Hand durch die verschwitzten Haare und versuchte, meinen keuchenden Atem unter Kontrolle zu kriegen. Sie kam näher und schien zu merken, daß ich etwas von ihr wollte, denn sie schaute mich aufmerksam an, als wir auf gleicher Höhe waren.

»Entschuldigen Sie bitte«, keuchte ich, »aber können Sie mir vielleicht sagen, wo ich hier in der Nähe ein Telefonzelle finden kann?«

Sie schüttelte den Kopf. Nein, ihres Wissens gab es gar keine. Ich atmete schwer und machte eine verzweifelte Geste.

»Müssen Sie telefonieren?« fragte sie.

Sie schaute reserviert, doch ich bemerkte eine gewisse Neugier.

»Ja, ich habe es schrecklich eilig, ich brauche ganz schnell ein Taxi...«

Die junge Frau zögerte einen Moment, als ob sie das Risiko gegen eine kleine Unterbrechung ihres monotonen Vorortslebens abwägen würde.

»Sie können von meiner Wohnung aus telefonieren, wenn Sie wollen«, sagte sie vorsichtig.

»Oh, das ist schrecklich nett«, sagte ich, außer mir vor Dankbarkeit.

Hier stand ein normaler, freundlicher Mensch, eine Frau mit zwei Kindern, es war wundervoll, nur mit ihr zu sprechen, ihr alltägliches Gesicht anzuschauen und den kleinen Jungen, der sie am Ärmel zog:

»Mama, was ist das für eine Dame?«

Ich mußte lachen: Am allerwenigsten fühlte ich mich wie eine Dame mit meinen abstehenden Haaren und dem hochroten Gesicht.

»Sie kommt mit uns nach Hause und ruft von unserem Telefon aus ein Taxi, Liebling«, sagte die junge Frau.

Sie lächelte mich entschuldigend an und sagte:

»Aber wir wohnen ein ganzes Stück von hier, ich gehe mit den Kindern spazieren, obwohl es so schrecklich heiß ist.«

»O ja«, sagte ich, »es ist furchtbar warm.«

Mein schwarzes Baumwollkleid klebte am Rücken, ich schwitzte wie in der Sauna.

»Ich glaube, das ist der Treibhauseffekt«, sagte die junge Frau. »Sie lassen zuviel Gift in die Luft.«

»Ganz bestimmt«, sagte ich. »Viel zuviel.«

Wir gingen ungefähr zehn Minuten, und als wir endlich beim Haus der Frau waren, half ich ihr, den Kinderwagen in den Eingang zu stellen. Sie hob den oberen Teil, in dem das schlafende Baby lag, heraus. Der kleine Junge starrte mich im Aufzug ungeniert an, und ich lächelte zurück. Normalerweise war ich Kindern gegenüber ein bißchen unsicher, aber jetzt war ich nur glücklich in Gegenwart dieser Kinder. Sobald wir in der Wohnung waren, lief der Junge weg, und die Frau setzte die Tragetasche mit dem Baby in der Küche ab.

»Da ist das Telefon«, sagte sie und zeigte auf die Wand neben der Spüle. »Einen Moment noch, ich muß erst das Telefonbuch holen, ich weiß nicht, welche Nummer das Taxi hat, sie ist in letzter Zeit öfter geändert worden...«

Als sie mit dem Telefonbuch zurückkam, sagte sie, daß sie nie Taxi fuhr, sie hatten ein Auto, mit dem ihr Mann jeden Tag zur Arbeit fuhr. Sie blätterte im Telefonbuch und suchte die Nummer, und das dauerte. Ich stand neben ihr und versuchte, meine Ungeduld zu zügeln. Der kleine Junge kam und sagte, daß er ein Eis wolle, seine Mutter habe ihm versprochen, daß er zu Hause ein Eis bekomme. Die junge Frau mußte also die Suche nach der Taxinummer unterbrechen, an den Kühlschrank gehen und ein Eis herausholen. Dann mußte sie dem Kind helfen, das Papier abzumachen. Es schien eine Ewigkeit zu dauern. Schließlich kam sie doch zum Telefonbuch zurück, fand die Nummer, wählte sie, aber es schien niemand abzuheben. Sie lächelte entschuldigend und schüttelte leicht den Kopf, doch sie legte nicht auf, und schließlich geschah das Wunder. Sie bekam eine Antwort, sprach mit jemandem, bestellte einen Wagen und nannte die Adresse.

Es würde sicher fünf Minuten dauern, bis das Taxi kam, ich blieb also noch einen Moment in der Küche und unterhielt mich mir ihr. Das Baby wachte auf und fing an zu weinen, der kleine Junge kam mit Spielsachen aus seinem Zimmer und zeigte sie mir.

»Ich weiß gar nicht, wie ich Ihnen danken kann«, sagte ich, als ich mich zum Gehen wandte.

»Oh, il n'y a pas de quoi«, sagte sie mit dem Baby auf dem Arm.

Als ich in das Taxi stieg, das unten wartete, war mir, als ob ich die alltägliche, normale Welt wieder verließ und in den Alptraum zurückkam. Auf dem Weg in die Stadt versuchte ich mir zu überlegen, wie ich Antonio meine Geschichte servieren sollte, doch ich gab es auf. Ich konnte nicht mal entscheiden, wie ich ihm die Situation erklären sollte. Einen Moment überlegte ich, den Taxifahrer zu bitten, statt dessen direkt zum Bahnhof zu fahren. Ich beugte mich vor und nahm Anlauf, aber ich bekam kein Wort heraus: Ich konnte es auch nicht über mich bringen, Antonio in die Wohnung zurückgehen zu lassen und da auf eine Leiche zu stoßen.

Das Taxi hielt vor Hertz. Durch das große Fenster sah ich, daß Menschen sich drinnen bewegten wie in einer anderen Welt. Ich bezahlte und stieg aus. Langsam ging ich über die Straße in die Bar.

Antonio saß an einem Tisch, hatte eine Espressotasse vor sich und las eine Zeitung. Als ich bei ihm war, schaute er auf und sagte:

»Das hat ja so lange gedauert, ich habe mir schon Sorgen gemacht.«

»Es war nicht ganz einfach, ein Taxi zu kriegen«, sagte ich, ohne mich zu setzen.

Eine kleine Wolke ging über Antonios Gesicht.

»Taxi?« fragte er scharf. »Warum hast du nicht den Toyota genommen?«

»Es gibt keinen Toyota mehr«, sagte ich und lachte auf, ganz gegen meinen Willen.

Antonio schaute mich alarmiert und fragend an.

»Setz dich«, sagte er leise.

Ich tat, was er sagte, und beugte mich zu ihm vor.

»Wir müssen weg«, sagte ich beinahe flüsternd.

Ohne ein Wort faltete Antonio seine Zeitung zusammen, holte ein paar Münzen aus der Jackentasche und legte sie auf den Tisch neben die Kaffeetasse. Dann stand er auf.

Auf der Straße faßte er mich bestimmt unter dem Arm, und wir steuerten auf einen weißen Citroën zu, der schräg gegenüber der Bar geparkt war. Er schloß die Beifahrertür auf und hielt sie auf, dann lief er rasch um das Auto herum auf die andere Seite und öffnete schnell. Er hatte sich noch kaum gesetzt, da hatte er auch schon den Schlüssel im Zündschloß und drehte.

»Wir können nicht in die Wohnung zurückfahren«, brachte ich heraus.

Er drehte sich brüsk zu mir.

»Warum nicht?« fragte er.

»Können wir nicht einfach ein Stück fahren?« fragte ich.

»Richtung Süden. Wir müssen Belgien so schnell wie möglich verlassen.«

Ohne ein Wort legte Antonio den Gang ein und manövrierte geschickt aus der Parklücke. Dann fuhr er zielgerichtet durch die Innenstadt. Erst als wir auf einer der Avenuen waren, die aus der Stadt herausführen, es war die gleiche, die wir zu Van Neills Villa gefahren waren, fragte er mich, den Blick immer noch auf die Straße gerichtet:

»Was ist denn passiert, Liza? Erzähl.«

Da erst merkte ich, daß ich am ganzen Körper zitterte.

»Also, das Auto ist in die Luft geflogen«, fing ich an. »Sie hatten eine Bombe im Toyota angebracht... das ganze Haus zitterte...«

Meine Stimme klang, als ob sie jemand anderem gehörte, und was sie sagte, war total absurd. Alles war absurd. Hier saß ich zitternd in einem Auto, in Brüssel, mit einem wildfremden Mann, und eigentlich sollte ich doch in Ruhe und Frieden mit Martha in einem Straßencafé in Paris sitzen, einen Kir schlürfen und meine Ferien genießen.

»Was hast du gesagt?« fragte Antonio und schaute mich unruhig an.

»Ich weiß nicht«, sagte ich und fing zu meinem eigenen Erstaunen hemmungslos zu weinen an, ich weinte sonst fast nie.

»Liza!«

Antonio fuhr an den Rand, blieb vor einem großen Schaufenster mit Kühlschränken, Herden und Mikrowellen stehen. Er stellte den Motor ab und nahm mich sofort in die Arme. Er duftete schwach nach Rasierwasser, und davon mußte ich noch mehr weinen. Plötzlich, zwischen all den Tränen, wußte ich, daß ich ihn liebte und das einzige, was ich wollte, war, mit ihm zusammen zu sein und den Rest meines Lebens mit ihm zu leben. Er murmelte tröstende und beruhigende Banalitäten, und als mein Weinen in Schluchzen übergegangen war, fragte er:

»Möchtest du dich irgendwo ausruhen, Cara? Sollen wir uns ein Hotel nehmen? Dann kannst du mir in aller Ruhe erzählen, was passiert ist.«

»Ich will aus Belgien raus«, stieß ich jammernd zwischen den Schluchzern hervor.

»Okay«, sagte Antonio. »Wir fahren über die Grenze und versuchen, in Frankreich ein Restaurant zu finden. Irgendein kleines Lokal, wo wir in Ruhe essen können und du mir alles erzählen kannst. Ist das recht?«

Ich hatte zu zittern aufgehört, und auch meine Stimme hatte sich wieder ein bißchen normalisiert.

»Ja«, sagte ich, »das ist eine gute Idee..«

»Beruhige dich jetzt, Cara.«

»Ja«, nickte ich und suchte in der Handtasche nach einem Taschentuch. Antonio ließ den Wagen an.

Im Laufe des Nachmittags war es wolkig geworden, und jetzt sah ich, daß der Himmel sich bleigrau über die Häuser gelegt hatte. Es wurde dunkel, ein drohendes Dunkel breitete sich aus. Von weitem hörte man ein Grummeln, und bei unserer Fahrt aus der Stadt heraus fielen einzelne Regentropfen auf die Windschutzscheibe. Antonio legte mir eine Hand auf den Schenkel:

»Geht es ein bißchen besser, Liza?«

»Ja«, sagte ich, »ein bißchen. Sie haben versucht, mich umzubringen… deshalb konnte ich den Toyota nicht zurückbringen.«

Wir fuhren dem schwarzen Gewitterhimmel entgegen, und ich erzählte von der Explosion und dem leeren Platz in der Garage.

»Aber warum hast du denn nichts gesagt, als ich anrief?« fragte Antonio aufgeregt. »Warum zum Teufel bist du in der Wohnung geblieben?«

Plötzlich fuhren wir in einem klatschenden Vorhang aus Regen. Obwohl der Scheibenwischer sich rasend bewegte, konnte man fast nichts sehen, Antonio mußte angestrengt auf die Straße schauen, er fuhr langsamer, bis er fast kroch.

»Ich wollte dich nicht beunruhigen«, sagte ich.

Antonio fuhr noch langsamer.

»Madonna«, stöhnte er, bog nach rechts ab in eine Tankstelle und parkte den Wagen ein Stück hinter den Tanksäulen.

Es schüttete jetzt wie aus Kübeln, der Donner kam näher. Ein gewaltiger Blitz erhellte neonhell die triste Vorortslandschaft. Brüssel unter der gleißenden Sonne war weit weg, wie in einer anderen Welt.

Nach Worten suchend nahm ich meine Erzählung wieder auf. Ich mußte fast schreien, um gegen das ohrenbetäubende Trommeln des Regens auf das Autodach anzukommen.

»Ich wollte dich nicht beunruhigen, aber das ist nur die halbe Wahrheit. Ich war mit der Polizei in Kontakt gekommen, es hatte sich einfach ergeben, bevor ich an die Folgen denken konnte.«

»Polizei?« fragte Antonio. »Bist du wahnsinnig?«

»Ich habe dich natürlich nicht erwähnt«, sagte ich.

Dann erklärte ich ihm, daß ich den Kontakt mit der Polizei nicht vermeiden konnte, weil ich in die Garage wollte, und wie ich Monod dann einfach von Van Neill und dem Aristokraten erzählen mußte.

»Ich habe kein Wort von dir gesagt«, wiederholte ich. »Ich habe dich ganz draußen gehalten. Und wie auch immer, du hast ja einen falschen Paß, ich meine, die finden dich eh nicht.«

»Aber ich denke an dich, Liza! Du hast dich selbst einer sehr großen Gefahr ausgesetzt!«

»Ja, ich weiß«, sagte ich. »Jetzt. Heute morgen wußte ich es nicht, ich habe einfach nicht daran gedacht, ich... Aber ich habe es ja geschafft. Ich meine, ich...«

Ich unterbrach mich, weil mir plötzlich einfiel, wie Van Neill herausgefunden hatte, in welcher Wohnung ich war: Sie hatten natürlich gute Beziehungen zur Polizei. Vielleicht hatten sie sogar ihre Leute in der Polizei, an strategisch wichtigen Posten. Es war ein leichtes gewesen, meinen genauen Aufenthaltsort in diesem Mietshaus herauszubekommen.

Als ich Antonio von dem Handlanger erzählt hatte, der mich im Treppenhaus überfallen hatte, und daß ich seine Leiche in der Wohnung zurückgelassen hatte, hörte er mir auf einmal intensiv und ungläubig zu, ohne mich zu unterbrechen.

»Und deshalb können wir nicht zur Wohnung zurückfahren«, sagte ich abschließend. »Wir müssen unsere Sachen dortlassen, es tut mir leid...«

Antonio schaute mich an und schien keine Worte zu finden.

»Sachen...«, sagte er schließlich mit einer abwehrenden Geste. »Sachen...«

Dann legte er eine Hand auf die Stirn und schwieg.

»Es tut mir sehr leid«, sagte ich zögernd. »Hast du etwas sehr Wertvolles in deiner Tasche? Für mich ist es keine Katastrophe, ich hatte nur ein paar Kleider, aus einem Second-Hand-Laden...«

Er schaute mich an und suchte nach Worten:

»Du verstehst noch nicht, was du getan hast«, sagte er atemlos. »Du kannst nicht mehr nach Hause fahren, Liza... Du kannst nicht mehr nach Polen zurück...«

Ich saß mit halboffenem Mund da. Polen? Warum um Himmels willen sollte ich nach Polen wollen? Dann fiel mir ein, was Antonio meinte: Ich würde nicht in mein Heimatland zurückfahren können, und er glaubte ja, daß das Polen sei...

»Und warum kann ich nicht mehr... nach Hause?« fragte ich verwirrt.

»Liza, wir haben es mit gefährlichen Menschen zu tun...«

»Meinst du, daß sie mir bis nach Warschau hinterherkommen könnten?« fragte ich mit ungläubiger Betonung auf dem Namen meiner fiktiven Heimatstadt.

»Liza, sie wollen uns umbringen. Meine Identität und Adresse kennen sie nicht, aber von dir wissen sie schon alles. Sie haben doch alle Daten von deinem Führerschein, und was sie sonst noch wissen wollen, erfahren sie über ihre Beziehungen bei der Polizei. Es ist überhaupt keine Kunst für sie, dich aufzuspüren! Natürlich werden sie wieder versuchen, dich umzubringen! Du mußt untertauchen...«

In solchen Bahnen hatte ich noch nie gedacht. Ich kannte mich ja mit den Gepflogenheiten in der faschistischen Bewegung nicht aus.

»Du meinst also wirklich, daß ich nicht mehr nach Hause kann?«

In dem Moment, als ich das aussprach, war es, als ob meine Wohnung in der Bergsundsgatan in einem schwarzen Loch verschwand.

»Nein, unter gar keinen Umständen. Zumindest nicht in nächster Zeit.«

»Aber… wohin soll ich denn dann?«

Antonio schüttelte den Kopf.

»Ganz egal, wohin, nur nicht nach Hause.«

Eigentlich hätte ich am Boden zerstört sein müssen, aber seine Worte machten mich merkwürdig munter.

»Du brauchst eine neue Identität, einen neuen Paß.«

»Und wie soll ich mir den beschaffen?«

»Darum kümmere ich mich natürlich. Ich habe dich schließlich in diese Situation gebracht. Ich kümmere mich um alles, Liza, mach dir da keine Sorgen. Ich besorge dir einen Paß, du kannst dir aussuchen, wo du dich niederlassen willst, und ich bezahle alles. Solange es nötig ist. Ein, zwei Jahre, wenn es sein muß, auch länger.«

Der Regen ließ nach, und der Gedanke, nicht nach Schweden zurückkehren zu müssen, sagte mir immer mehr zu: Plötzlich öffnete sich die ganze Welt, und die Nomadin in mir begann leise zu jubeln.

»Ich verstehe, daß das eine sehr schlimme Situation für dich ist, Liza, und ich weiß nicht, ob du mir je vergeben kannst, daß ich dich da mit hineingezogen habe…«, sagte Antonio und schaute sehr betrübt drein.

»Aber das macht eigentlich nichts«, sagte ich. »Ich sehne mich nicht nach Polen.«

»Ist das dein Ernst?«

»Wirklich.«

»Aber dort ist doch dein Zuhause… deine Familie… deine Freunde«, sagte er zweifelnd.

»Ich bin geschieden«, sagte ich. »Mein Vater ist tot. Meine Mutter hat einen Mann geheiratet, den ich nicht sonderlich gut leiden kann. Ich habe keine Geschwister. Ich kenne eine

Menge Leute, aber nur wenige würde ich meine wirklichen Freunde nennen. Und sonst...«

Es würde wieder Herbst werden, das Haus in der Bergsundsgatan, in dem ich wohnte, sollte saniert werden. Das würde einige Monate dauern, und ich müßte vorübergehend umziehen. Vielleicht in einen tristen Vorort. Vor mir lagen also nur Unannehmlichkeiten.

»Willst du damit sagen, daß du nichts dagegen hättest, im Ausland zu leben?«

»Ich hätte absolut nichts dagegen. Es scheint eine wunderbare Idee zu sein.«

»Und du sagst das nicht nur, um mich zu beruhigen?«

»Nein, wirklich nicht. Mein einziges Problem ist, daß ich kein Geld habe... aber wenn du das regeln kannst...«

»Sicher, das ist überhaupt kein Problem, Cara. Ich dachte, es wäre eine Katastrophe für dich, nicht nach Hause fahren zu können... ich meine, alle Menschen haben ja ihre Wurzeln... Ich könnte mir nur schwer vorstellen, nicht in Italien zu leben...«

»Du bist auch kein Pole«, sagte ich. »Wir brauchen zwar nicht mehr für einen Laib Brot anzustehen, aber das Leben ist trotzdem nicht leicht... Mach dir also keine Gedanken.«

»Du erstaunst mich immer wieder«, sagte Antonio.

»Apropos Überraschung«, sagte ich und holte die Pistole aus der Handtasche. »Ich habe sie mitgenommen. Mit der hat der Handlanger des Aristokraten mich bedroht. Er hat sie verloren, als er hinfiel.«

Ich reichte sie Antonio vorsichtig.

»Ist sie entsichert?« fragte ich.

Antonio drehte sie um und schaute sie expertenmäßig an.

»Nein«, sagte er. »Ich kümmere mich darum.«

»Gerne.«

Er steckte sie ins Handschuhfach und sagte, bei der erstbesten Gelegenheit würde er sie verschwinden lassen.

Da fiel mir das Foto ein, das ich auf dem Schreibtisch des Aristokraten gesehen hatte, das Foto von dem selbstsicheren Mann, der aussah, als ob er heimlich die ganze Welt regierte.

Ich fragte Antonio, ob er sich denken könne, wer dieser Häuptling war.

»Deine Beschreibung klingt nach Otto Skorzeny«, sagte Antonio, als ich ihm den Mann beschrieben hatte. »Als er starb, Mitte der siebziger Jahre, wurde er in den Zeitungen ›Die Giftspinne‹ genannt. Hast du nie etwas von Otto Skorzeny gehört?«

»Nein, wer war das?«

»Oh, man könnte ein ganzes Buch über ihn schreiben«, sagte Antonio. »Er war ein Günstling Hitlers, er wurde 1943 Chef des Nazi-Sicherheitsdienstes, nachdem er Mussolini aus dem Gefängnis befreit hatte. Dann organisierte er den Terror in den besetzten Ländern. Aber das wirklich Interessante ist, was er nach dem Krieg gemacht hat. Er kam trotz seiner Kriegsverbrechen glimpflich davon, könnte man sagen. Er wurde vor ein Militärgericht gestellt, aber freigesprochen, und dann gelang es ihm, aus einem Lager bei Darmstadt zu fliehen. Er war interniert, um entnazifiziert zu werden...«

Antonio lachte ironisch.

»Und dann?« fragte ich.

»Dann fing er mit einer neuen Masche von vorne an. Er half Hunderten von Kriegsverbrechern, ins Ausland zu fliehen, wo sie neue Identitäten bekamen. Dann organisierte er neue Netzwerke, bekam neue Kontakte, ging neue Allianzen ein. In Lateinamerika, Europa, Südafrika... Sogar in einigen arabischen Ländern. Als er starb, hinterließ er ein kompliziertes Spinnennetz, seine Anhänger übernahmen es und bauten es weiter aus.«

»Und jetzt reicht es sogar bis nach Osteuropa?«

»Genau. Nach dem Zusammenbruch der Sowjetunion tauchten ja in vielen der neuen Staaten ganz schnell die Nationalsozialisten auf. Es dauerte ein paar Jahre, die Kontakte zu organisieren und die richtigen Verbindungen herzustellen, aber jetzt sind sie dabei, ihre Kräfte mit denen aus dem Westen zusammenzuschließen. Es bildet sich ein neues Muster, die Zeit arbeitet für sie, weil die meisten Leute keine Ahnung haben, was vor sich geht, und die Extremisten in allen

Ländern Unterstützung bekommen, sogar legal und demokratisch, weil ihre Frontorganisationen unter der Flagge der nationalen Rechten laufen und in den Parlamenten vertreten sind. Aber im Untergrund arbeiten sie an einer geheimen Strategie, die darauf hinausläuft, eine ganz neue Ordnung zu installieren. Ganz oben auf ihrer Liste steht, Carlo Massini loszuwerden und durch eine harmlosere Person ersetzt zu bekommen.«

Ich konnte fast Otto Skorzenys höhnisches Lachen hören.

»Du hast wirklich schreckliche Kräfte herausgefordert«, sagte Antonio. »Aber bisher hast du einen Schutzengel gehabt.«

Es hatte aufgehört zu regnen. Wir saßen eine Weile schweigend nebeneinander, beide in unsere Gedanken versunken. Auf dem Parkplatz der Tankstelle hatten sich große, glänzende Wasserpfützen gebildet.

»Jetzt fahren wir weiter nach Frankreich«, sagte Antonio. »Wir steigen in einem kleinen Hotel ab, essen und schlafen uns aus.«

Ich lehnte mich zurück, verwirrt, aber erleichtert. Ich war wie eine Schlafwandlerin am Rande des Abgrunds entlanggegangen und hatte überlebt. Jetzt würde Antonio mir eine neue Identität geben, und ich würde mir ein Land zum Leben aussuchen können, würde in der Welt umherreisen. Mich irgendwo niederlassen, dort bleiben, solange ich Lust hatte, und dann weiterziehen. Danach hatte ich mich im Grunde mein Leben lang gesehnt, doch ohne die geringste Hoffnung, jemals so leben zu können.

Ich holte tief Luft, und während wir in der Abenddämmerung Richtung Frankreich fuhren, hatte ich das Gefühl, für immer aus dem Alptraum herauszufahren.

11

In der Nähe von St. Quentin stiegen wir in einem kleinen Gasthaus ab und aßen ein hervorragendes französisches Menü: Ich aß eine Suppe, Pommes dauphines mit Gemüse, Antonio nahm das Cassoulet, zum Nachtisch Himbeertorte und dazu einen trockenen Sauvignon. Das Gasthaus war offensichtlich bekannt für seine Küche, das Restaurant war vollbesetzt, und die beiden Bedienungen eilten zwischen rustikalen Holztischen hin und her.

»Morgen früh fahren wir weiter nach Mailand«, sagte Antonio beim Essen. »Ich habe eine kleine Gästewohnung, die meistens leer steht. Ich würde dir vorschlagen, daß du dich zunächst da niederläßt, bis ich dir einen neuen Paß besorgt habe.«

Ich nickte. Eine Gästewohnung in Mailand statt meiner Zweizimmerwohnung in der Bergsundgatan. Das klang doch prima.

»Ich hoffe, du verstehst, daß ich dich nicht einladen kann, bei mir zu Hause zu wohnen«, fügte Antonio hinzu. »Ich wohne wie gesagt mit meiner Tochter zusammen und mit meiner Haushälterin…«

»Aha«, sagte ich. »Ich verstehe. Du kannst nicht mit einer fremden Frau nach Hause kommen?«

Antonio lachte.

»Das würde vielleicht ein bißchen kompliziert werden«, gab er zu. »Aber das ist nicht der Grund. Auch wenn ich allein leben würde, hätte ich darauf bestanden, daß du in die Gästewohnung ziehst. Aus Gründen der Sicherheit.«

»Aber warum denn?« fragte ich. »Wie sollen die uns auf die Spur kommen?«

Antonio zündete sich eine Zigarette an, dann antwortete er erst. »Dir kommen sie nicht auf die Spur, wenn du nicht bei mir wohnst. Die Wohnung, von der ich rede, gehört offiziell einem entlegenen Verwandten von mir.«

»Und du? Meinst du, daß sie dich finden könnten?«

Statt zu antworten, rief er eine der Bedienungen, eine füllige, mittelalte Frau mit blondierten Haaren und braunen Augen. Sie hatte etwas Mütterliches, etwas Wohlwollendes im Blick.

»Möchtest du noch einen Kaffee, Liza? Oder einen Kognak, einen Likör?«

»Einen Calvados, bitte«, sagte ich.

Antonio bestellte einen Calvados, und als er sich wieder zu mir wandte, lächelte er, wie um mich zu beruhigen:

»Man weiß nie.«

Bei seinen Worten verkrampfte sich gleich wieder alles, ich hatte gehofft, daß wir jetzt keine Sicherheitsvorkehrungen mehr brauchten. Als die Bedienung kam und das Glas vor mich stellte, nahm ich schnell einen Schluck, um den unerträglichen Gedanken zu vertreiben, daß Antonio etwas geschehen könnte.

»Gibt es eine Gefahr, daß sie dir durch diesen Gramignia auf die Spur kommen?« fragte ich dann.

»Nein, natürlich nicht. Erstens ist Antonio Gramignia tot. Und zweitens kannten wir uns nicht. Er soll Steuerberater in Bologna gewesen sein. Zwischen ihm und mir gibt es keinerlei Zusammenhang.«

»Und wo ist das Risiko?« fragte ich.

Antonio zuckte leicht mit den Schultern:

»Bei Männern wie Van Neill kann man gar nicht vorsichtig genug sein«, sagte er ausweichend. »Bist du müde, Liza? Sollen wir auf unser Zimmer gehen?«

»Ich bin merkwürdigerweise gar nicht müde«, sagte ich. »Aber wir können trotzdem auf unser Zimmer gehen.«

Während wir auf die Bedienung und die Rechnung warteten, saßen wir uns schweigend gegenüber und schauten uns an. Ich schaute ihn einfach gerne an, ich liebte seine dunklen Augen, seinen breiten Mund, seine Wangen, auf denen die Schatten des nachwachsenden Bartes dunkler wurden. Wenn ich nur daran dachte, daß er mich bald in die Arme nehmen würde, ging mein Puls schneller. Als die freundliche Bedienung dann zu unserem Tisch kam, hatte ich den Eindruck, daß sie mich anschaute, als ob sie erriete, daß ich mich nach dem Mann sehnte, der ihr mit einem Lächeln den unterschriebenen Scheck reichte.

»Möchtest du zuerst duschen, Cara?« fragte Antonio, als wir in unserem Zimmer waren. Es war ein typisch französisches Zimmer, mit geblümten Tapeten und einem Bettüberwurf mit einem anderen Blumenmuster.

Es gab auch zwei große Kleiderschränke, in die wir jedoch nichts hängen konnten.

»Später«, sagte ich.

Antonio lächelte, aber er faßte mich nicht an. Er ging zum Bett und drückte mit den Händen die Matratze nieder. Dann setzte er sich und lehnte sich zurück, verschränkte die Hände im Nacken, die lange Kissenrolle hatte er im Rücken. Er schaute mich an.

»Zieh dich für mich aus«, sagte er.

Mein Körper absorbierte diesen Befehl sofort mit pulsierender Lust. Als ich dann nackt vor ihm stand, streckte er eine Hand nach mir aus. Ich ging zum Bett, und er ließ seine Hand zwischen meine Schenkel gleiten. Ich holte keuchend Luft. Da faßte er mit der anderen meinen Hintern, zog mich zu sich und drückte seine Zungenspitze in meinen Nabel. Dann ließ er mich los und knöpfte seine Hose auf. Ich kroch aufs Bett und schaute ihn an. Noch waren wir in unserer Welt, die Zeit stand still, und so, wie ich ihn in diesem Moment sah, so kann ich ihn immer noch vor meinem inneren Auge sehen.

Unser Genuß war so stark wie immer, und hinterher schlief ich in seinen Armen ein. Nun hatte ich doch noch meine Nacht mit Antonio bekommen, als unerwartetes Geschenk, als Vervollkommnung.

12

Am nächsten Tag fuhren wir nach Paris, wo wir das Auto bei Hertz abgaben und glücklicherweise einen Flug nach Mailand bekamen.

Am Spätnachmittag landeten wir bei drückender Hitze auf dem Flugplatz von Linate. Als wir durch die Paß- und Zollkontrolle gegangen waren, führte Antonio mich als erstes zu einem Fotoautomaten. Die vier gleichen Bilder nahm er sofort an sich. Ausnahmsweise sah ich richtig gut aus. Auf dem Foto in meinem eigenen Paß sah ich aus wie eine Terroristin, obwohl ich nur eine ganz normale, gesetzestreue Bürgerin war. Aber hier, wo ich im Begriff war, unterzutauchen und zwei Leichen in Brüssel zurückgelassen hatte, lächelte ich entspannt und unschuldsvoll.

Draußen nahmen wir ein Taxi, und als wir bei heruntergedrehten Fenstern nebeneinander auf der Rückbank saßen, sagte Antonio leise:

»Ich fürchte, du wirst ein paar Tage allein in der Wohnung bleiben müssen, Cara. Ich werde dich nicht besuchen können.«

»Warum nicht?« fragte ich.

»Ich möchte einfach kein Risiko eingehen«, sagte Antonio in einem Tonfall, der jeglichen Einwand verbot. »Ich werde dich anrufen, von öffentlichen Telefonen.«

»Und wie lange werde ich da bleiben müssen?«

»Ein paar Tage. Vielleicht eine Woche. Aber vermutlich nicht länger.«

Er holte seine Brieftasche heraus und gab mir ein Bündel Geldscheine.

»Du mußt dir ein paar Kleider kaufen, Liza. Und einen Koffer. Kauf dir, was du brauchst. Aber bleibe in der Gegend um die Wohnung. Fahr nicht ins Zentrum. Es gibt in der Gegend genügend Geschäfte. Iß lieber zu Hause. Um die Ecke gibt es einen kleinen Delikatessenladen.«

Als wir ankamen, kam er mit und zeigte mir die Wohnung.

Sie lag in einem sehr ruhigen Viertel und ging über zwei Stockwerke. Im unteren Stock waren ein Wohnzimmer, das Badezimmer und die Küche mit einem Ausgang in einen kleinen Hof mit einem Rosenbeet. Oben waren zwei Schlafzimmer und ein Flur. Die Betten in beiden Zimmer waren bezogen, alles sah sehr ordentlich und sauber aus, als ob die Wohnung nur auf einen Gast gewartet hätte.

»Ich rufe dich heute abend an, Cara«, sagte Antonio, als wir unten am Eingang standen. »Hier ist meine Telefonnummer. Aber rufe nur an, wenn du unbedingt mußt, und ruf nicht von diesem Telefon aus an, geh in die Bar gegenüber, die haben ein Telefon.«

Er hatte ein zusammengefaltetes Papier aus der Brusttasche genommen und reichte es mir.

Als wir uns umarmten, klammerte ich mich an ihm fest.

»Ich habe Angst«, sagte ich zu meiner eigenen Verwunderung.

»Weil du allein hierbleiben mußt?« fragte Antonio.

»Nein, nicht vor dem Alleinsein... Ich habe Angst, daß dir etwas zustößt.«

»Liza«, sagte Antonio und streichelte meinen Kopf. »Es wird alles gutgehen. Gieß dir jetzt einen Drink ein, im Wohnzimmer ist eine Bar. Dusch dich, ruh dich aus und warte darauf, daß ich dich später anrufe.«

Als ich die Tür hinter ihm zugemacht hatte, blieb ich noch eine Weile in dem dunklen Flur stehen und schaute mich in dem Spiegel, der an der einen Längswand hing, an. Eine große Furcht ergriff mich, aber ich wußte nicht, woher sie kam. Vielleicht war es endlich die Reaktion auf diese wahnsinnige Geschichte, die damit endete, daß ich nicht nach Hause zurückfahren konnte, sondern mich in einer kleinen, stickigen Wohnung in Mailand befand und in Kürze weiterfahren würde, wohin, wußte ich noch gar nicht. Eine solche Situation würde wohl die meisten Menschen aus dem Lot bringen, versuchte ich mir einzureden, doch die Furcht wich nicht. Ich versuchte, mich zu beruhigen, und tat, was Antonio gesagt hatte: Ich ging ins Wohnzimmer, fand im Barschrank eine Flasche Cinzano und goß mir ein Glas ein. Ich nippte und schaute mich im Zimmer um, es war ziemlich konventionell und altmodisch möbliert. Es gab kein Sofa, nur einen riesigen Eßtisch mit klobigen Stühlen. An der einen Schmalseite standen zwei Sessel, ein kleines Tischchen war dazwischengeklemmt. Ich sank in den einen Sessel und wartete auf Antonios Anruf.

An den folgenden Tagen telefonierten wir mehrmals am Tag miteinander. Ich erzählte ihm, was ich gemacht hatte, was ich gekauft hatte, was ich aus dem Delikatessengeschäft mit nach Hause nahm. Ich war in einem Kaufhaus gewesen, einem Standa, hatte Unterwäsche und Kleider und Toilettenartikel gekauft, aber immer noch hatte ich fast das ganze Geld, das er mir gegeben hatte.

Am dritten Abend rief Antonio an und teilte mir mit, daß er für mich ein anonymes Bankkonto in der Schweiz eröffnet habe: Wenn ich Geld bräuchte, müsse ich nur die Bank anrufen, eine bestimmte Nummer sagen, und dann könne ich eine Summe auf irgendeine Bank in irgendeinem Land überweisen.

Ich schwieg.

»Liza, bist du noch dran?«

»Ja, ja. Ich höre dir zu.«

»Dann gebe ich dir gleich die Nummer. Hast du Papier und Stift?«

»Wart einen Moment, ich hole es.«

In meiner Handtasche fand ich einen Stift, und dann nahm ich eine der Zeitungen, die ich mir gekauft hatte, und schrieb die Nummer auf den Rand.

»Vorläufig sind da zweihundert Millionen Lire drauf«, sagte er.

Die Zahl klang schwindelerregend.

»Wieviel ist das?« fragte ich zögernd. »Ich meine, in einer Währung mit ein paar Nullen weniger…?«

»Ungefähr fünfhunderttausend Dollar.«

Eine Million Kronen? War ich plötzlich Millionärin? Aber

dieser Umstand machte mich nicht sehr munter. Ich hätte alle Millionen hergegeben, wenn ich frei gewesen wäre und hätte spazierengehen können, mit Antonio neben mir.

»Aber davon kann ich ja ein Leben lang leben«, sagte ich ungläubig.

»Liza, ich habe Geld genug. Und du mußt dir irgendwo eine Wohnung kaufen. Das ist nur für den Anfang. Ich möchte, daß du gut leben kannst, daß du alles machen kannst, wozu du Lust hast. Daß du dich ganz frei fühlen kannst. Das ist das mindeste, was ich tun kann, nachdem ich dich in so eine Situation gebracht habe...«

Während meiner einsamen Tage in Mailand überlegte ich, wohin ich zuerst reisen wollte. Ich hatte mich immer nach Indien gesehnt, aber jetzt, da ich die Möglichkeit für diese Traumreise hatte, war ich plötzlich unschlüssig, fast unlustig. Was sollte ich denn in Indien? Oder in einem anderen Land? Mir fiel doch wirklich kein Land ein, das ich gerne besuchen würde. Ich wollte da sein, wo Antonio war.

»Du könnest dich für den Anfang zum Beispiel in der Schweiz niederlassen«, schlug Antonio vor. »Dann können wir uns treffen, sooft wir wollen. Niemand wäre glücklicher als ich, wenn du beispielsweise nach Lugano ziehen würdest. Es liegt knapp eineinhalb Autostunden von Mailand entfernt. Wenn alles sich beruhigt hat und ich mich ganz sicher fühle, können wir uns wieder treffen. Wie findest du diesen Vorschlag?«

Schweiz. Natürlich. Nicht Indien oder Peru oder Neuseeland. Die Schweiz. Ganz einfach, weil Antonio in der Nähe war. Ich war davon ausgegangen, daß er mich so weit weg wie möglich haben wollte, und ich selbst hatte mir auch vorgestellt, Europa zu verlassen. Aber jetzt nahm alles eine neue Wendung. Nicht daß die Schweiz das Land gewesen wäre, in das es mich gezogen hätte, wenn ich in Europa hätte bleiben wollen, aber das spielte jetzt keine Rolle.

»Schweiz ist wunderbar«, sagte ich.

»Liza. Ich liebe dich«, sagte Antonio.

»Ja«, sagte ich. »Ich liebe dich auch.«

»Also dann«, sagte Antonio und lachte weich, »du fährst nach Lugano.«

Am nächsten Tag, es war der vierte Tag, rief er vormittags an und sagte, abends um sechs würde ich meinen Paß bekommen, wenn nichts Unvorhergesehenes passiere. Er würde mit einem Taxi gebracht werden. Antonio wolle mich anrufen und mir sagen, wann ich vor der Haustür auf das Taxi warten sollte.

»Du wirst Dänin«, fügte er hinzu. »Geboren in... warte...«. An seinem Tonfall und seiner Aussprache merkte ich, daß er noch nie etwas von Odense gehört hatte. »Geboren in Odense 1959.«

»Wir treffen uns also nicht mehr, bevor ich fahre? Du kommst nicht mehr und... und sagst mir Adieu?«

»Liza, wir werden uns bald wiedersehen können. Wenn du den Paß hast, dann packst du deine Sachen und rufst dir ein Taxi. Du fährst zum Hauptbahnhof und nimmst den ersten besten Zug nach Lugano. Geh in ein Hotel, und teile mir mit, wo du wohnst. Schreibe bitte an meine Mutter. Sie heißt Lorenza Bernasconi. Schreib dir bitte gleich ihren Namen und ihre Adresse auf.«

Er gab mir eine Adresse, die ich auf die Zeitung vor mir schmierte. »Sobald ich deinen Brief habe, rufe ich dich in Lugano an.«

An diesem Tag kaufte ich eine Reisetasche, und als ich in die Wohnung zurückging, hatte ich wieder dieses Gefühl, in einem Film zu sein, genau wie in Brüssel. In dem Delikatessengeschäft um die Ecke kaufte ich mir etwas zu essen: Krabbensalat, Grissini, ein Stück Gorgonzola und Weißwein.

Mailand war ruhig und friedlich, die Stadt schien halb leer. Die großen Augustferien hatten angefangen. Es war sehr heiß, noch heißer als in Brüssel. Nach dem Essen duschte ich kühl und streckte mich dann auf dem Bett aus, ich trocknete mich nicht ab, um so lange wie möglich die kühlende Wirkung zu behalten. Ich überlegte, wann ich wohl Antonio wiedersehen würde. In einer Woche? Einem Monat? Ich vermißte ihn jetzt schon fast unerträglich.

13

Es war schon fast sieben Uhr, als ich mir endlich einen Drink einschenkte. Antonio hatte nicht angerufen. Ich stellte mich ans Wohnzimmerfenster und schaute auf die Straße, ich blieb hinter der dünnen Gardine, durch die man mich nicht sehen konnte. Nur hin und wieder fuhr ein Auto vorbei, der Abend war ganz still. Aus der Bar gegenüber kamen zwei junge Frauen, sie redeten und lachten eifrig miteinander. Ich schaute sie ungläubig an: War es möglich, daß man so unbeschwert leben konnte, in der Gewißheit, daß einem nichts Schlimmes passieren würde?

Die Minuten quälten sich voran. Fünf Minuten, zehn Minuten. Zwanzig. Eine halbe Stunde. Das Telefon rührte sich nicht. Ich schenkte mir immer wieder nach und bekam immer größere Probleme, die Panik niederzukämpfen. Es mußte etwas passiert sein. Aber was? Ich versuchte, mir einzureden, daß es einen ganz natürlichen Grund gab: Irgend etwas mit dem Paß war schiefgelaufen, er hatte irgendwo warten müssen, und es gab kein sicheres Telefon in der Nähe; er hatte auf der Autobahn eine Autopanne, weit weg von Mailand; irgend etwas Banales hinderte ihn, und als Südländer betrachtete er solche Verspätungen als ganz normal, kein Grund, gleich zum Telefon zu rennen. Aber ich glaubte meinen idiotischen Erklärungen eigentlich keine Sekunde. Es mußte etwas passiert sein. Etwas. Ich traute mich gar nicht, daran zu denken.

Ich hob den Telefonhörer ab und kontrollierte, daß die Leitung nicht blockiert war, ich hörte das Signal, das mich aufforderte zu wählen. Dann ging ich wieder zum Fenster und zählte die Autos, die vorbeifuhren. Nach dem dritten Auto würde Antonio anrufen. Nach dem fünften. Nach dem zehnten.

Es begann, dunkel zu werden. Schließlich hielt ich es nicht mehr aus, ich nahm meine Handtasche, ging hinüber in die kleine Bar und wählte die Nummer, die Antonio mir gegeben hatte und die ich nur im äußersten Notfall anrufen sollte. Aber es war doch ein Notfall, es war jetzt nach neun, und ich hatte schließlich drei Stunden Folter hinter mir. Meine Hände zitterten, als ich die Nummer wählte.

Eine junge Frau nahm fast sofort ab.

»Si, pronto.«

Ihre Stimme klang sehr angespannt und gepreßt. Ich fragte sie, ob sie englisch spräche.

»Ja«, sagte sie. »Wer sind Sie?«

»Ich bin eine gute Freundin Ihres Vaters. Er wollte mich heute abend anrufen, in einer sehr wichtigen Angelegenheit, aber ich habe nichts von ihm gehört. Kann ich ihn sprechen?«

Es war eine Weile ganz still. Dann sagte die Frau:

»Mein Vater ist tot. Er wurde heute nachmittag erschossen.«

»Erschossen?« sagte ich wie benommen, aber ihre Worte waren auch eine Bestätigung von etwas, wovor mir die ganze Zeit gegraut hatte und das ich mit aller Macht aus dem Bewußtsein verdrängt hatte.

»Er kam aus der Haustür und wollte zu seinem Auto, als zwei Männer auf einem Motorrad vorbeikamen. Der eine hatte eine Schnellfeuerwaffe...«

»O nein«, jammerte ich.

»Wer sind Sie?« fragte die Frau. »Woher kennen Sie meinen Vater?«

»Ich... ich habe ihn auf einer Reise kennengelernt«, sagte ich.

»Auf einer Reise? Wo? Und wann?«

Trotz des Schocks funktionierte mein Gehirn:

»Vor ein paar Jahren«, improvisierte ich. »Ich machte Ferien in Italien... und jetzt bin ich zufällig in Mailand.«

»Haben Sie meinen Vater kürzlich hier getroffen?« fragte sie schrill.

»Gestern«, log ich. »Ihr Vater versprach mir, bei einem kleinen... Problem behilflich zu sein und mich heute anzurufen. Aber ...«

Ich muß hier weg, dachte ich. Ich muß dieses Gespräch beenden und sofort ein Taxi rufen, zurück in die Wohnung und meine Reisetasche holen, die gepackt neben der Tür stand. Ich muß in die Schweiz fahren, und zwar sofort.

»Woher rufen Sie an?« fragte Antonios Tochter.

»Ich bin gerade in der Stadt, ich rufe von einer Bar aus an.«

»Können Sie mir eine Telefonnummer geben, wo ich Sie erreichen kann, Miss...?«

»Troubetski«, sagte ich, »Elzbieta Troubetski. Ich wohne im Hilton Hotel, Zimmer 103.«

Am anderen Ende war es still, ich nahm an, daß sie meine kleine Erfindung aufschrieb.

»Vielen Dank, Miss Troubetski. Wie lange werden Sie bleiben?«

»Ein, zwei Tage«, sagte ich.

»Ich melde mich bei Ihnen«, sagte die junge Frau.

»Bitte«, sagte ich. »Der Tod Ihres Vaters erschüttert mich sehr.«

Als ich aufgelegt hatte, blieb ich noch einen Moment neben dem Telefon stehen und holte tief Luft. Das einzige, was mich aufrecht hielt, war das Bewußtsein, daß ich Mailand so schnell wie möglich verlassen mußte. Ich ging zum Tresen, fragte den Kellner nach der Telefonnummer für ein Taxi und bestellte einen Wagen. Die Straße und die Hausnummer der Wohnung hatte ich gleich am ersten Tag auswendig gelernt.

Dann lief ich schnell in die Wohnung zurück, legte die Schlüssel in eine Schale auf dem Eßtisch, nahm meine Reisetasche und wartete neben der Haustür auf das Taxi. Ich tat das alles wie in Trance. Das Taxi kam schon nach wenigen Minuten. Der Fahrer verstaute meine Reisetasche im Kofferraum. Ich ließ mich auf den Rücksitz fallen, und als er sich umdrehte, um mich zu fragen, wohin ich wolle, schaute ich ihn an und brachte keinen Ton heraus.

»Signorina«, sagte der Taxifahrer. »Geht es Ihnen nicht gut?«

»Doch, doch«, preßte ich hervor. »Ich möchte zum Hauptbahnhof.«

Wir fuhren durch die ruhige, fast menschenleere Stadt,

durch lange graue Straßen, die sich zum Verwechseln glichen. In meinem Kopf begann es wie wahnsinnig zu arbeiten. Ich mußte Europa so schnell wie möglich verlassen: Ohne Antonio würde die ordentliche, eingeschlossene Schweiz mit ihren bedrückenden hohen Bergen zum Alptraum. Ich wollte nur direkt nach Zürich fahren und eine größere Summe von dem Bankkonto abheben und dann in ein Reisebüro gehen und eine Flugreise in einen anderen Kontinent buchen. Asien, Lateinamerika. Dort würde ich dann versuchen, einen falschen Paß zu bekommen. Ich hatte noch keine Ahnung, wie das gehen würde, aber ich konnte auf jeden Fall gut bezahlen, das war das Entscheidende. Ich würde schon jemanden finden, der mir weiterhelfen könnte.

Das Taxi hielt unter einer Arkade vor dem Haupteingang des Bahnhofs, und der Fahrer half mir mit der Reisetasche. Ich kam in eine große Halle mit einem elektronischen Fahrplan hoch über den Rolltreppen, auf dem die abfahrenden Züge der nächsten Stunden angezeigt waren: In zwei Stunden ging ein Zug nach Zürich.

Es war zu spät, noch eine Schlafwagenkarte zu kaufen, aber das könne ich im Zug regeln, sagte der Mann am Fahrkartenschalter. Er rauchte und führte ein lautstarkes Gespräch mit einem Kollegen, während er die Fahrkarte und das Wechselgeld auf eine runde Metallplatte legte, die er dann zu mir drehte.

Ich fuhr mit der Rolltreppe in die Abfahrtshalle hinauf. Ganz hinten am anderen Ende war ein großes Café, ich setzte mich an einen wackligen Tisch. Jemand hatte eine Zeitung liegengelassen. Während ich auf den Kellner wartete, faltete ich sie auf und starrte auf ein Foto von Antonio. Es mußte vor ein paar Jahren aufgenommen worden sein: Seine zurückgekämmten Haare waren noch ganz dunkel, seine Gesichtszüge etwas schmaler und fester.

Antonio, flüsterte ich. Antonio…

Aber der richtige Name des Mailänder Industriellen und Politikers, der vor seiner Wohnung erschossen worden war, war Fabrizio Bernasconi. Mein Italienisch war keineswegs gut, aber ich hatte tatsächlich vor einigen Jahren einen Sprachkurs gemacht und konnte den Artikel im großen ganzen verstehen. Es gab mehrere Zeugen für das Attentat, sie hatten den Mörder auf einem Motorrad davonfahren sehen. Die Polizei hatte noch keine heiße Spur, und das Motiv war ein Rätsel. Nichts deutete darauf hin, daß Signor Bernasconi in irgendwelche dunklen Geschäfte verwickelt war. Laut seiner Tochter Stefania, 28, war ihr Vater auch nicht bedroht worden. Weder sie noch seine Freunde, Kollegen oder Angestellten hatten den Eindruck, daß er in letzter Zeit irgendwelche Probleme gehabt hatte. Sie waren alle schockiert. Es wurde nicht erwähnt, daß er vor kurzem auf einer Geschäftsreise in Belgien war. Eine Hypothese war, daß Bernasconi mit jemandem verwechselt und aus Versehen getötet worden war.

Endlich war ein Kellner an meinen Tisch gekommen, er stand vor mir und schaute mich auffordernd an, ohne etwas zu sagen. Ich wandte ihm mein hilfloses Gesicht zu:

»Einen Cappuccino«, sagte ich leise.

Er hörte es nicht, ich mußte es noch einmal sagen.

»Ein Cappuccino«, wiederholte der Kellner und ging.

Sein unfreundliches Benehmen brachte mich aus meinem fragilen Gleichgewicht, ich spürte, wie ein wahnsinniger Schmerz sich an die Oberfläche drängte.

Ich darf jetzt nicht zusammenbrechen, dachte ich angestrengt. Wenn ich dem Schmerz nachgebe, vernichtet er mich.

Als der Kellner mit dem Kaffee kam, nahm ich mit großer Kraftanstrengung die kleine Zuckertüte und schüttelte den Inhalt nach unten. Dann riß ich eine Ecke ab und schüttete die ganze Tüte in meine Tasse. Eigentlich wollte ich nur die Hälfte, aber meine Hand war so unsicher, daß einfach alles hineinglitt. Zitternd führte ich die Tasse zum Mund und nippte am Kaffee. Er war lauwarm, und ich trank die Tasse in einigen Schlucken leer. Es war einfacher so. Ich brauchte sie nur einmal auf den Teller zurückzustellen.

Dann schaute ich mich vorsichtig um. In dem großen, merkwürdig verlassenen Café waren nur wenige Gäste, die

Wände schienen oben in einem schwarzen Loch zu verschwinden. Die Beleuchtung war kalt und hoch oben angebracht, die Menschen waren so einsam wie auf einem Gemälde von Edward Hopper. Der Kellner hatte sich weit weg hinter den langen Tresen gestellt und schaute ins Leere.

Ich drehte die Zeitung um, damit ich das Foto von Antonio nicht anschauen mußte. Sie müssen rausgekriegt haben, wer er wirklich war, als ich noch in Van Neills Residenz festgehalten wurde. Deshalb hatten sie mich auch nicht beschattet, sondern nur versucht, mich aus dem Weg zu räumen: Sie hatten mich nicht mehr gebraucht. Aber wie hatten sie es herausbekommen? Hatten sie vom Portier im Bedford eine Beschreibung bekommen und dann sofort zur Gruppe in Mailand Kontakt aufgenommen, die auch schon gegen ihren bewunderten Zauberer, der gerade unterwegs war, Verdacht geschöpft hatte? Wenn das der Fall war, hatten sie einen der Untertanen von Rudenko, der mit ihm in dem italienischen Restaurant war, Antonio von einem Foto identifizieren lassen können oder sogar gleich in Mailand. Das schien logisch. War es dieses Risiko, das Antonio miteinbezogen hatte, als er mich in der Gästewohnung unterbrachte und nur von öffentlichen Telefonen aus mit mir Kontakt hielt? War ihm vielleicht sogar klar gewesen, daß seine Chance, davonzukommen, gering war und er gegen die Zeit gekämpft hatte, um mir einen Paß zu besorgen, ehe seine Feinde zuschlugen? Er hatte alles getan, damit ich davonkäme, vielleicht hatte er die ganze Zeit gewußt, daß seine Tage gezählt waren. Ich ertrug den Gedanken nicht. Ich hörte, wie ich aufschluchzte, wild und unkontrolliert, ich biß mir fest in die Hand. Aber niemand hatte mich bemerkt, der Kellner stand mit dem Rücken zu mir und hantierte an der Espressomaschine, keiner der Gäste schaute in meine Richtung. Ich legte schnell zwei Tausendlirescheine auf den Tisch und ging.

Es war noch eine Stunde Zeit, bis der Zug nach Zürich fahren würde. Ich setzte mich auf dem Bahnsteig auf meine Reisetasche und wartete, konzentrierte mich darauf, nicht zu weinen. Ich betrachtete die Menschen, die vorbeigingen, studierte Schuhe und Frisuren und Gepäck, schnappte mal einen Satzfetzen auf, aber ich befand mich in einem Vakuum, wußte nicht, wer ich war, was ich mit dem Rest meines Lebens anfangen sollte.

Von Zürich aus flog ich via London nach Port of Spain in Trinidad, nur weil das Reisebüro, in das ich in London sofort ging, auf einem verführerischen Poster im Schaufenster mit Tobago gelockt hatte: ein paradiesischer Strand, der völlig unberührt schien, in einer türkisblauen Bucht. Ich buchte also eine vierwöchige Charterreise nach Tobago und stieg in einem kleinen Hotel in London ab, während ich darauf wartete, Europa verlassen zu können. Ich blieb drei Tage. Vormittags ging ich in den Speisesaal, so spät wie möglich, erst kurz vor zehn und frühstückte. Schon am ersten Tag kaufte ich mir eine dunkle Brille; dem Optiker sagte ich, ich hätte eine Allergie, die sich auf die Augen schlug. Dann verbarg ich immer, wenn ich das Hotelzimmer verließ, meinen geröteten, glasigen Blick und meine geschwollenen Augen hinter der Brille.

Es waren die längsten Tage, die ich je erlebt habe. Wenn ich nicht weinte oder nur auf dem Bett lag und an die Decke starrte, versuchte ich, ein paar Briefe nach Hause zu schreiben, um zu erklären, warum ich nach den Ferien nicht zurückkäme. Am schwierigsten war der Brief an meine Mutter; einerseits durfte ich sie nicht allzusehr ängstigen, aber andererseits mußte ich sie verstehen lassen, daß sie absolut nicht zur Polizei gehen und nach mir suchen lassen durfte. Ich schrieb, daß ich zufällig in eine Geschichte verwickelt worden war, die mich zwang, für längere Zeit zu verschwinden, daß ich mich aber ab und zu melden und irgendwann zurückkommen würde. In den Brief an meine beste Freundin legte ich den Schlüssel für meine Wohnung in der Bergsundsgatan und schrieb, daß sie gerne dort wohnen konnte, solange ich weg war. Ich bat sie auch, die Miete zu bezahlen, ich würde alle halbe Jahre das Geld dafür schicken. Der Werbeagentur, für die ich arbeitete, tischte ich die Story auf, daß ich mich über beide Ohren verliebt und gleich geheiratet hätte und nun in London wohnte. An dem Tag, als ich von Heathrow aus abflog, gab ich die drei Briefe in der Nähe des Hotels auf. Dann fuhr ich mit dem Taxi zum Flughafen.

Als das Flugzeug abhob und ich London in einer dichten Wolkendecke verschwinden sah, hatte ich das Gefühl, nie wieder nach Europa zurückzukommen.

14

Vielleicht habe ich meine Geschichte nur deshalb niedergeschrieben, weil ich mich bei meiner Ankunft in Tobago als Schriftstellerin ausgegeben habe.

»Ich beende gerade einen Roman«, sagte ich zu dem netten englischen Ehepaar, das ein Stück vom Strand entfernt Bungalows vermietete. Ich wollte damit nur signalisieren, daß ich für mich bleiben und nicht gestört werden wollte.

Schon nach ein paar Tagen kaufte ich einen großen Notizblock mit schwarzem Deckel, und bald kreiste mein ganzer Tagesrhythmus ums Schreiben.

Ich wachte immer in der Morgendämmerung auf und ging hinaus, um den Sonnenaufgang zu sehen. Bevor der riesige Ball sich über den Horizont erhob, rollte eine Wärmewelle durch das Dunkel, und dann wurde man wieder ins Tageslicht und die Hitze geschleudert. Ich war ganz allein am Strand, ich hatte dann immer das Gefühl, der einzige Mensch auf der Welt zu sein. Wenn die Sonne aufgegangen war, watete ich in das blanke türkisblaue Wasser hinaus, bis es mir bis zur Taille reichte, und dann vertrieb ich schwimmend die Reste des Schlafs aus dem Körper.

Ich frühstückte so spät wie möglich, wenn die meisten Gäste das Speisezimmer schon verlassen hatten, dann ging ich wieder in meinen klimatisierten Bungalow und schrieb, von

Hand, halb auf dem niedrigen, breiten Bett liegend. Mittags aß ich nichts, abends setzte ich mich allein an einen Tisch. Glücklicherweise waren unter den Gästen keine Skandinavier, es waren hauptsächlich wohlhabende, ältere englische Paare. Wir grüßten uns höflich im Speisezimmer, aber niemand unternahm einen Versuch, sich näher mit mir bekannt zu machen, wenn ich mit meiner dunklen Brille schnell und konzentriert das Essen zu mir nahm.

Nach dem Essen ging ich hinaus in die warme tropische Nacht und wanderte stundenlang am Strand entlang, auf dem Streifen neben dem Wasser, der leicht unter den Fußsohlen nachgab. Wenn ich weit genug von der Bebauung weg war, setzte ich mich hin, und manchmal heulte ich vor Trauer und Schmerz den Horizont an. Das Meer antwortete mit abgelegenen, rätselvoll flüsternden Dünungen, und ich lauschte in einer Art absurder Hoffnung, Antonios Stimme zu hören, ich wartete auf eine Mitteilung von ihm, und wenn sie nicht kam, nahm ich meine Trauer wieder mit zurück. Ich trug sie Tag und Nacht mit mir herum, nahm sie mit ins Bett, wenn ich in den Bungalow zurückkam und zwischen die kühlen Laken glitt.

Manchmal tauchte Antonio in meinen Träumen auf, merkwürdigerweise waren es oft helle, sogar komische Träume, wie zum Beispiel, daß wir in einer fremden Stadt in einem roten Sportwagen fuhren und ich plötzlich feststellte, daß er nur so groß wie ein Tretauto war. Ich wachte davon auf, daß ich lachte, ich lachte das erste Mal, seit ich Mailand verlassen hatte.

Als der Monat in Tobago sich dem Ende zuneigte, packte ich und flog zurück nach Port of Spain. Ich mietete mir für ein paar Monate eine einfache kleine Wohnung. Ich hätte mir natürlich auch einen flotten Bungalow leisten können, aber ich fühlte mich wohler in einem normalen Viertel, wo ich anonym bleiben konnte. Um nicht so sehr aufzufallen, ließ ich meine langen blonden Haare abschneiden und dunkler färben.

Nach nur einer Woche bekam ich Kontakt mit einem Menschen, der behauptete, mir einen falschen Paß besorgen zu können, und nach ein paar Wochen hatte ich eine neue Identität. Amanda Hall war jetzt eine kurzhaarige dunkelblonde Frau aus Neuseeland, Valery Bray. Sie schaue ich morgens im Spiegel an, verwundert, aber zufrieden: Diese fremde Frau schützt mich, sie ist mein Garant dafür, daß niemand je etwas von Elzbieta Troubetski und Antonio Gramignia erfährt, zwei Fiktionen, die in die Realität hineingingen und dann einfach spurlos verschwanden.

Port of Spain, Dezember 1997